Le Maître des clés

ISBN : 978-2-324-00598-5
Dépôt légal : août 2013

Illustrations : Sylvain Even

Éditions Gründ
60, rue Mazarine
75006 Paris – France
Tél. : 01 53 10 36 00
Fax : 01 43 29 49 86
Internet : www.grund.fr

Loi n° 49-956 du 16 juillet 1949 sur les publications destinées à la jeunesse.

Benoît GRELAUD

Le Maître des clés

Tome 3 – Le Grand Secret

GRÜND

Merci à Xavier, grâce à qui toute
cette aventure éditoriale a vu le jour.
Et merci à Cécile pour ses précieux conseils.

Un grand merci également à tous mes « primo-lecteurs » :
Brigitte, Élodie, Alan, Céline, Salomé, Hélène,
Gwénolé, Paul, Victor et Grégoire.

Et à mes grands-parents,
pour tout ce qu'ils m'ont apporté.

Chapitre premier

Le marais de l'Écluse

L'embarcation dans laquelle se trouvait l'inquiétante silhouette glissa lentement jusqu'à nous.

Le léger tintement du clapotis de l'eau contre la coque laissa brusquement place au bruit sourd du bateau percutant la berge.

Les maillons d'une épaisse chaîne en acier, lovée sur le plancher vermoulu, s'entrechoquèrent dans un fracas métallique.

Dans sa longue coule noire, ample chasuble de tissu plissé, le squelette se tenait silencieux et immobile, attendant que nous montions à bord.

Puis, sans même que nous ayons pu apercevoir son visage, il resserra ses doigts décharnés autour du long bâton, qu'il enfonça à nouveau au fond de l'eau.

La barque s'anima, fendant délicatement la croûte de lentilles dormant à la surface de l'eau, tandis qu'une chouette, blottie au creux d'une épaisse souche, chuintait d'effrayants ululements.

Au loin, des corneilles répondaient de leurs cris rauques et inquiétants.

– Il fait pas chaud ici, chuchota Reghi, tandis que la brume s'étirait autour de nous. J'ai la goutte au nez… A… A… ATCHA ! Snurf… On va où, d'après vous ?

– Aucune idée, murmurai-je en fixant les imposantes cages aux barreaux rouillés qui, de chaque côté du chenal, jalonnaient notre route.

À l'intérieur de certaines d'entre elles, de pauvres individus, sales et vêtus de haillons crasseux, gémissaient de désespoir.

– Qui sont ces malheureux, demandai-je à voix basse.

– Ce sont des impurs, expliqua Sahlla. Les âmes d'êtres humains qui ont fait le mal. Elles sont ici dans l'attente d'être transférées en des lieux où elles devront expier leurs fautes. Certaines d'entre elles, au terme d'un très long cheminement, seront purifiées et auront alors l'autorisation de rejoindre les Terres des Esprits.

– Et les autres ? s'inquiéta Reghi.

– Les autres, précisa la jeune femme, seront condamnées à errer toute l'éternité sur les Terres des Âmes maudites.

– Brrrrr, trembla d'effroi le lutin.

– Je comprends mieux l'inscription sur le bateau, dis-je.

– L'inscription ? Quelle inscription ? demanda mon compagnon.

– Tout à l'heure, j'ai lu sur la coque quelques mots en breton qui disaient : *oberour a maro.*

– C'est le nom de l'embarcation, dit Sahlla. Tu sais ce que ça veut dire ?

– Oui, répondis-je. Je fais mes études dans une école qui s'appelle Diwan et dans laquelle on apprend la langue de nos ancêtres, le breton. *Oberour a maro*, ça veut dire « l'ouvrier de la mort »…

– Brrrrrr ! tremblota de plus belle le lutin en se collant contre moi.

Regardant tout autour de lui, mon compagnon fut soudain attiré par de superbes plantes ressemblant à des nénuphars, dont les larges limbes étaient l'écrin de magnifiques fleurs roses, ouvertes comme de grands calices.

Un petit oiseau vint se poser sur le bord de la barque, avant de virevolter au-dessus des flots.

Repérant un peu d'eau qui stagnait autour des étamines, il se posa à l'intérieur de la fleur, afin de s'en délecter.

– Comme c'est mignon ! se réjouit le lutin. Regardez cette magnifique communion ! Comme quoi, tout n'est peut-être pas si terrible par i…

– Crouach ! fit la plante carnivore en se refermant brusquement sur sa proie.

Nous la vîmes alors mâcher sa victime, avant d'éructer une poignée de plumes.

Les larmes aux yeux, Reghi regardait fixement la terrible fleur, tandis que nous nous éloignions sur l'eau dormante.

Furieux, il ramassa un bout de bois qui traînait au fond du bateau et le propulsa de toutes ses forces vers le cruel nénuphar.

– Ha ha ! Bien fait ! triompha Reghi, fier d'avoir tranché l'un des pétales. Eh, mais ! Qu'est-ce que… Eh ! Elle nous poursuit !

Aussi incroyable que cela puisse paraître, nous étions effectivement la proie de la fleur, qui glissait vers nous à vive allure.

Lorsqu'elle fut à nos côtés, elle ouvrit grand sa gueule et, toutes dents dehors, bondit vers le lutin… avant d'être frappée en plein vol par le bâton d'Ankou et de retomber dans un grand cri d'animal blessé.

La barge reprit sa marche et serpenta encore un long moment dans le dédale de canaux, guidée par la pigouille du batelier.

Les feuillages se densifiaient de plus en plus tout autour de nous, et nous évoluions désormais sous une voûte végétale, que nous repoussions de nos bras au fil de notre avancée.

– Qu'est-ce que c'est ? demandai-je, en montrant les ombres qui, au fond de l'eau, nous accompagnaient depuis notre départ.

– Ce sont des esprits malfaisants, répondit Sahlla. Ne vous approchez surtout pas du bord. Ils essaieraient de vous agripper et de vous attirer dans le fond…

– Pour que nous prenions leur place ! enchaîna Reghi. On sait ! Quat'zyeux nous a déjà expliqué cela !

– Non, pas du tout, corrigea Sahlla. C'est simplement qu'ils cherchent leur repas…

Une légère luminescence vint lécher le bout de la barque, et nous obliquâmes dans sa direction.

Le bateau s'approcha de la rive et se stabilisa contre les hautes herbes.

Ankou, de son long bras squelettique, nous invita à rejoindre la terre ferme.

Puis il nous tendit un parchemin, maintenu par une tresse de fines lianes.

– M... commença à articuler Reghi pour le remercier.

Mais Sahlla lui ferma aussitôt la bouche de ses deux mains, et le lutin ne put dire un mot.

Le spectre repoussa alors le talus avec son bâton, puis la barge s'éloigna dans le brouillard.

– Pourquoi m'as-tu empêché de parler ? s'étonna Reghi.

– Tout simplement pour t'éviter le pire, expliqua la jeune guerrière. Ne sais-tu donc pas que quiconque s'adresse à Ankou devient aussitôt son prisonnier ?

– Euh... Brrrrr... tremblota mon compagnon.

La petite prairie sur laquelle nous avait déposé le squelette était recouverte d'une épaisse mousse, qui semblait montée sur des suspensions.

À chacun de nos pas, le sol vibrait comme s'il était fixé sur des ressorts, et nous rebondissions, tels des cosmonautes sur une planète inconnue.

La lumière qui nous enveloppait était celle d'une lanterne, fixée à la poutre extérieure d'une auberge à colombages.

Après avoir dénoué le lien, je déroulai le parchemin afin d'en étudier le contenu.

Il s'agissait d'une carte, détaillant le plan des Terres de la Sorcière, et mentionnant l'itinéraire que nous allions devoir suivre.

Cinq lunes, dessinées tout en haut, représentaient le temps dont nous disposions.

De nombreuses inscriptions, griffonnées en marge des dessins, complétaient cette feuille de route.

L'auberge près de laquelle nous nous trouvions était notre première étape.

– *Ty coz* ! s'exclama Reghi, en pointant du doigt une vieille pancarte en bois suspendue à deux petites chaînes métalliques.

– Ça veut dire « maison ancienne », expliquai-je. C'est du breton.

– Sur la carte, intervint Sahlla, il est dit que nous devons prendre contact avec les propriétaires. Les frères Bognav.

Nous montâmes les quelques marches, dont les lattes fragilisées craquaient sous nos pas, et avançâmes sur la terrasse mangée par les termites.

– J'ai l'impression qu'on nous surveille, murmura Reghi en regardant derrière lui.

Je saisis l'anneau de métal fixé à la lourde porte et le cognai plusieurs fois contre son support.

Nous entendîmes alors le bruit d'une chaise que l'on tire sur le sol, puis des pas traînants et disgracieux.

Le bruit d'un loquet que l'on déverrouille résonna, et une petite lucarne, protégée par de fins barreaux, laissa apparaître les yeux de notre interlocuteur.

Chapitre 2

Les frères Bognav

– Wouvnovjnia ? gronda une voix rocailleuse…

– Euh, bonsoir, monsieur. Nous venons de la part d'Ankou, expliquai-je. Il nous a confié une carte et…

– Ankou ? Woulin Ankou ? enchaîna la grosse voix. Woujdijkode ?

– Pardon ?

– Wou-jdij-kode ? Dijkode ! s'énerva-t-il en tapant du pied.

Les vibrations firent trembler toute la maisonnée, et la lanterne qui nous éclairait se détacha avant de se briser au sol.

Nous n'y voyions plus que grâce à la faible lueur qui s'échappait de la lucarne.

Reghi vint se blottir contre moi.

– Un code ? demandai-je. Vous voulez un code, c'est ça ?

– Da ! Dijkode ! Woujdijkode ? reprit-il plus calmement.

– Euh, je n'en sais rien, je…

Le clapet se referma violemment.

Nous étions désormais dans l'obscurité la plus totale.

– Un code, un code… Bon sang, dis-je, qu'est-ce que ça peut bien être ?

Reghi frappa à la porte.

Nous entendîmes alors la même chaise que l'on tire au sol (bien que plus énergiquement cette fois-ci), puis des pas fermes et nerveux.

– Ouh là ! balbutia le lutin. Il n'a pas l'air de bonne humeur…

La lucarne s'ouvrit brusquement.

– Wouvnovjnia ? Goléjnié ? Ajoubijdia ?

– Euh… ici, dit Reghi.

– Wouvnovjnia ?

– Ouh ouh ! Ici ! Je suis là ! s'écria Reghi.

– Waljnia ? s'exclama l'individu, qui ne voyait toujours pas le lutin.

Je décidai alors de soulever mon compagnon afin qu'il soit à la bonne hauteur.

L'étrange personnage (dont on pouvait deviner les traits du visage) sursauta.

– C'est un ogre, murmura Sahlla.

– Biiiaaaa ! s'exclama-t-il en crachant par terre et en croisant ses deux index devant lui, comme s'il eût voulu conjurer un mauvais sort. Ountich loutine !

– Eh bé, merci… marmonna Reghi. Bonjour l'accueil…

La créature s'était retournée et parlait à un autre individu présent dans la demeure.

– Itij loutine, semblait-il expliquer. Ountich loutine…

– Pfffeuhh ! réagit son comparse en crachant également.

Le portier nous regarda à nouveau.

– Toubast dijkode, loutine ?

– Dijkode ? murmura Reghi. Euh, pfff… Crotte…

– Krotteu ?

– Euh, non, non, non ! Pas crotte… Moi pas vouloir dire crotte pour code. Moi juste dire crotte…

Agacé, notre interlocuteur referma sèchement la trappe.

– C'est ça ! s'écria Reghi, vexé. Que le grand Buzuck te croque les…

La main sur la bouche de mon compagnon, je le reposai à terre.

– Ça ne sert à rien de s'énerver, dis-je. Ça ne peut que l'agacer encore plus. Là, on a un vrai problème, parce que sans ce code, notre expédition risque de s'arrêter bien plus tôt que prévu...

– En plus, il fait tout noir, et moi, je n'aime pas ça, murmura Reghi. Ah, merci Ugo de prendre ma main. C'est gentil, tu sais.

– Ce n'est pas moi, répondis-je.

– Oh... alors merci Sahlla, se réjouit mon compagnon.

– Ce n'est pas moi non plus, dit-elle.

– AAAAHHHHHHH ! hurla le lutin. Mais alors, c'est qui ?

À deux doigts de Reghi, de petits yeux rouges s'allumèrent, puis une grande bouche édentée s'ouvrit, prête à engloutir le lutin.

Saisissant ma lampe torche, j'éclairai l'intrus qui, terrorisé par le faisceau lumineux, partit se réfugier dans un bosquet en hurlant de toutes ses forces.

Sahlla se rapprocha de la porte et toqua à son tour.

Nous entendîmes grogner la créature qui, cette fois-ci, ne se leva pas.

Notre amie insista longuement, ce qui finit par déclencher chez les deux ogres des salves de grossièretés dont nous fûmes bien heureux de ne pas comprendre le sens.

Soudain, des pas rapides vinrent à notre rencontre.

Visiblement très énervée, la créature ouvrit rageusement la lucarne, ce qui nous apporta à nouveau un peu de lumière.

– Loutine ! Krotteu ! hurla-t-il. Votojnièkalmine évlitaj…

Constatant qu'il avait affaire à une jolie jeune femme, le monstre s'arrêta net et resta bouche bée.

– Ah, euh, rougit-il. Oh…

Sahlla, qui avait sorti un étrange petit flacon, pulvérisa quelques gouttes de son contenu sur le visage du portier.

Celui-ci éternua aussitôt, et la douce elvire évita de peu l'épais mucus projeté par les narines de la créature.

– Ouf ! s'écria-t-elle. J'ai eu chaud !

– Moi aussi ! s'exclama Reghi, les jambes écartées de chaque côté de la masse verdâtre écrasée au sol… Ha ha ! Pour un peu, on était baptisés !

Tandis que le lutin fixait la masse expectorée par l'ogre, celui-ci s'essuyait le nez entre les doigts.

Nous l'entendîmes ensuite frotter ses mains contre la porte avant de se faire reprendre par son frère.

Il acheva donc le séchage d'une façon qu'il estima plus élégante : contre son pantalon.

– Qui est cette jolie créature qui vient ainsi nous rendre visite ? demanda-t-il à Sahlla.

– Quoi ? sursauta Reghi. Il parle notre langue ?

– Maintenant oui ! dit notre amie en souriant. C'est l'effet de cette potion que m'a confiée l'un de nos grands sorciers.

Nous entendîmes le déverrouillage d'une serrure. Puis d'une deuxième, d'une troisième… et d'une quatrième !

– Entrez ! ordonna l'ogre qui me dépassait de plusieurs têtes.

Sa tête, toute ronde, était beaucoup plus petite que son corps, et paraissait perdue au milieu de ses musculeuses épaules.

Entièrement vert, il n'était habillé que d'une chemisette défraîchie et d'un short qui lui serrait les muscles des quadriceps.

– Entrez ! reprit-il. En fait, il n'y a pas de code. C'est juste qu'on aime bien faire des blagues, avec mon frère, et qu'on voulait vous faire marcher un peu. Il faut dire qu'on s'ennuie sec par ici.

L'ogre se rapprocha de Sahlla.

– Qu'est-ce qu'une fille comme vous fait dans les environs ? Ça fait des siècles qu'on n'en a pas vu d'aussi jolie !

– C'est-à-dire, répondit la guerrière, quelque peu gênée, que nous sommes envoyés par Ankou et…

– Oui, souffla l'ogre. Il nous a effectivement prévenus.

– Ighor, povrniojka ibjiskov ? questionna l'autre créature, qui s'était rapprochée de nous.

– Ilievajnia… Skolévsky, lui répondit son frère.

Le portier s'adressa à nous :

– Mon frère, Grishkia, me demande quelle langue je parle. Il ne comprend rien de ce que nous disons. Pouvez-vous lui faire respirer votre potion pour que, lui aussi, puisse échanger avec nous ?

– Bien sûr, répondit Sahlla en sortant la petite amphore. Pas de problème.

Apercevant le flacon, l'ogre recula de quelques pas.

– Poliejnié ? Bouhhhhh, iyatjié poliejnié !

– Ça y est ! expliqua Ighor. Il fait sa chochotte ! Monsieur demande si ça va piquer… Nié, Grishkia ! Nié poliejnié !

Moyennement rassuré, le monstre se rapprocha à nouveau, avant de se raviser.

– Bouhhhhh, s'exclama-t-il en reculant de quelques pas. Olsaniéj poliejnié !

– Qu'est-ce qu'il dit ? demanda Reghi.

– Il dit qu'il est sûr qu'on lui ment et que ça va piquer.

Sahlla, afin de le rassurer, lui parla doucement et lui prit délicatement la main.

– Ne t'inquiète pas, murmura-t-elle en lui embrassant le front. Ça ne te fera pas mal. Tu as ma parole.

Grisé, Grishkia ferma les yeux et tendit ses lèvres à la belle.

Elle en profita pour l'asperger de potion.

– AAAATCCHHHHIAAAAAAAA ! éternua l'ogre.

Reghi fut plaqué contre le mur, et il regarda aussitôt s'il était recouvert de morve.

En fait, l'énorme glaire gluante pendouillait au-dessus de lui, accrochée au portemanteau.

Reghi leva la tête, et découvrit le projectile.

– Ouf ! se réjouit-il en fixant l'épais mucus. J'ai encore eu ch… !

– Sprotch ! fit la masse verdâtre en tombant sur son visage.

Nos hôtes nous invitèrent à partager leur repas tout en nous détaillant les divers lieux que nous allions traverser lors de notre périple.

Notre carte, déroulée au milieu des victuailles, servit de support à leur présentation.

– Vous allez commencer par l'anse de Sisyphe, dit Ighor. Il s'agit d'une baie semi-asséchée. C'est-à-dire qu'elle se vide et se remplit continuellement. Il faudra donc que vous preniez garde à ne pas vous faire engloutir par la marée montante.

– Tout à fait, Ighor, enchaîna Grishkia. Vous devrez donc traîner avec vous une embarcation dans laquelle vous monterez lors de l'arrivée des flots. Quelqu'un veut de la volaille ? Elle est très tendre. Élevée en plein air !

– Élevée en plein air, élevée en plein air… marmonna Ighor. Toi et tes manies d'élevage en plein air… Pfff…

– Oui, eh bien je trouve que c'est meilleur !

– Eh bien MOI PAS, râla Ighor. Élevée en plein air… Qu'est-ce qu'on en a à faire ! Tu bouffes les poumons, peut-être ?

– Ha ha ! éclata de rire Reghi, avant de se reprendre face au regard noir de Grishkia.

Ighor nous présenta à son tour un plat : une viande en sauce.

– Ça, c'est de la bonne pitance, expliqua-t-il. Et je ne dis pas ça parce que c'est moi qui l'ai faite… Sentez-moi ce délicat fumet.

– Prrrouttt ! fit Grishkia. Oula, pardon ! Quand tu as parlé de délicat fumet, je ne sais pas ce qui m'a pris, mais…

– Bravo, grogna Ighor en applaudissant. Bébé s'amuse. Tu penses sans doute que c'est comme ça qu'on retrouvera notre étoile, et nos clients ? Pffff... Bon, comme je vous le disais, voici ma spécialité.

– Mmmhhhh, se réjouit Reghi. C'est quoi ?

– De la langue de troll, répondit Ighor.

Les sourcils relevés, le lutin retint un hoquet de dégoût et se recula au fond de sa chaise.

– Euh, en fait, je n'ai pas très faim, balbutia-t-il.

– Pareil pour moi ! hurla Grishkia. Je déteste manger ce qui sort de la bouche d'un animal ! D'ailleurs, je vais plutôt prendre un œuf? Ha ha !

– Ouais ! râla Ighor. Monsieur a vraiment la grande classe... Je vous préviens : le prochain qui sort une blague va passer un sale quart d'heure.

Il se tourna vers Reghi et lui tendit un plat.

– Tiens, toi, sers-toi en riz.

– Euh, c'est-à-dire que moi, c'est Reghi.

– Pardon ?

– Moi, c'est Reghi. Pas Henri.

Lorsque nous arrivâmes au dessert, Grishkia apporta un énorme gâteau.

– Nous l'avons confectionné ensemble ! hurla-t-il, tandis qu'Ighor partait chercher de petites assiettes.

Il se pencha vers nous.

– Enfin, murmura-t-il, c'est moi qui l'ai fait, mais bon, j'ai dit ça pour ne pas vexer mon frère…

– Que chuchotes-tu ? interrogea Ighor en revenant vers nous.

– Rien du tout ! grogna Grishkia. Mais… tu as oublié le couteau et la pelle ! Ah, toi, vraiment !

Pendant qu'il allait récupérer le matériel, Ighor en profita pour nous parler à son tour à voix basse.

– Pour tout vous dire, c'est moi qui l'ai fait. Tout seul. Mais bon, c'est pour pas vexer mon frère… Attention, chut ! Le voilà !

– Bon ! dit Grishkia en s'adressant à Ighor. Le petit bonhomme peut peut-être revenir à table ?

Reghi, qui était au coin depuis le jeu de mots sur le riz, eut enfin le droit de nous rejoindre.

– Bien ! Qui veut de ce délicieux gâteau à l'huile de palme ?

– Comment ça ? demandai-je. De l'huile de palme ? Alors désolé, mais je n'en mangerai pas. Nous avons un principe à la maison : ne rien manger qui contienne quoi que ce soit venant du palmier à huile, car son exploitation détruit l'équilibre des forêts tropicales.

– Tout à fait d'accord ! acquiesça Reghi, qui ne savait pas de quoi je parlais, mais qui n'avait aucune envie de goûter l'étrange spécialité locale. L'huile de

« palmes », c'est bon uniquement pour ceux qui font de la plongée ! Ha ha ! Oui, bon, OK, je retourne au coin…

Les deux frères, vexés que nous ne goûtions pas à leur dessert, débarrassèrent la table en marmonnant.

– Il est temps pour vous de prendre la route, grogna Ighor. Venez !

Puis les ogres, qui maugréaient entre eux contre notre manque de savoir-vivre, nous emmenèrent à l'étage.

Nous sortîmes sur une terrasse surplombant leur jardin.

Ils donnèrent alors à chacun de nous une petite fiole rosâtre.

– Buvez, dit Ighor.

– Pffff, souffla Reghi. C'est quoi encore, ce truc-là ? Si ça doit me donner les fesses roses, je ne suis pas très chaud… J'ai déjà les sourcils et la barbe de cette couleur. À ce rythme-là, je ne serai bientôt qu'une grosse fraise des bois !

– Pas du tout ! grogna Grishkia. Cette potion est faite pour protéger une partie de votre corps contre toute agression. Vous recevrez le complément de protection lorsque vous rencontrerez la grande prêtresse Gaédig. Pensez très fort à la partie de votre anatomie que vous souhaitez préserver, et buvez la potion.

Nous nous exécutâmes chacun notre tour.

Une petite carapace transparente et bleutée vint recouvrir le torse de Sahlla.

Ayant également choisi cet endroit, je fus protégé de la même manière.

C'est alors que nous vîmes l'entrejambe de Reghi devenir bleu.

– Ben quoi ? s'écria celui-ci en voyant nos regards surpris. Un coup de pied là, ça fait super mal !

Ighor nous montra un château fort sur la carte.

Il nous expliqua qu'il s'agissait de la demeure d'une sorcière nommée Athéa, grande amie d'Ankou, et qu'il était absolument indispensable que nous la rencontrions.

– Mais attention, prévint Grishkia. Vous allez notamment devoir traverser le champ des Matota, des fleurs magnifiques mais extrêmement dangereuses. Il vous faudra leur chanter chacun une berceuse, tout le temps que durera la traversée du champ. Sinon…

– Sinon quoi ? s'inquiéta Reghi.

– Sinon les Matota se réveilleront, murmura Grishkia. Et elles vous dévoreront !

– Gloups ! fit le lutin, en avalant sa salive.

– Bien ! s'exclama Grishkia. Nous allons vous téléporter dans l'anse de Sisyphe. C'est l'endroit le plus éloigné que l'on puisse rejoindre par ce moyen. Cela vous fera gagner un temps précieux. Veuillez vous serrer les uns contre les autres.

Les deux frères sortirent alors chacun une arme, qu'ils pointèrent sur nous.

Les faisceaux lumineux qui s'en échappèrent se rejoignirent en un rayon fulgurant, et un halo nous entoura, dans un boucan du tonnerre.

– En tout cas, j'en connais qui vont se casser les dents si elles mordent ici, murmura Reghi en toquant du poing sur son entrejambe.

Chapitre 3

Le chaos d'Uélgoite

Nous disparûmes en un éclair, et réapparûmes au beau milieu d'une anse maritime, à marée basse.

Près de nous, trois canoës nous attendaient, comme annoncé par les frères Bognav.

Les embarcations étaient comme dans l'histoire des trois ours, adaptées à nos tailles respectives : une grande, une moyenne et une petite.

Chacun prit donc celle qui lui correspondait le mieux, et nous commençâmes à les tracter sur le sable mouillé.

Nous avancions à bonne allure, étonnés de n'être la cible d'aucune attaque.

Pas le moindre monstre ni le moindre piège à l'horizon.

Soudain, nous entendîmes un grondement qui se rapprochait de plus en plus.

Le ronronnement assourdissant me rappela celui des rouleaux venant frapper les falaises bretonnes.

– La mer ! s'écria Sahlla. Les vagues arrivent !

Nous montâmes aussitôt dans nos embarcations, en prenant soin de boucler les ceintures qui y étaient fixées.

Balayés par l'eau qui dévalait à vive allure, nous fûmes entraînés vers la côte, avant d'être repoussés au large par un courant inverse, impossible à contrer avec nos pagaies.

Lorsque l'eau se retira, aussi vite qu'elle était apparue, nous étions revenus exactement au même endroit qu'à notre arrivée.

Nous reprîmes notre marche, sans parler cette fois-ci, en avançant du plus vite que nous pûmes.

Mais la sentence fut exactement la même : après le passage de la mer, nous nous retrouvâmes finalement au point de départ.

Au bout de plusieurs tentatives, nous étions à bout de forces.

– Ça peut durer longtemps… râla Reghi.

– Oui, dit Sahlla. Je comprends mieux le nom de cette baie, maintenant. Il rappelle le mythe de Sisyphe, fils d'Éole, le dieu du Vent. Sisyphe fut condamné à pousser une grosse pierre en haut d'une montagne, pendant toute l'éternité. À chaque fois qu'il arrivait au sommet, la pierre roulait en bas et il devait donc reprendre son ascension. Un éternel recommencement que nous semblons devoir connaître nous aussi…

– Il y a sûrement une solution, dis-je.

– Aucune, déplora Reghi. Nous nous sommes fait avoir par les deux frangins… Ils doivent bien rigoler en nous imaginant ici. Quelle bande de traîtres !

– En même temps, ce n'est pas surprenant, remarquai-je. Nous sommes sur les Terres maudites, et il va falloir nous méfier de tout le monde. Ce qu'ignoraient les deux Bognav, c'est que nous n'allons pas utiliser les canoës. Mais ceci !

Je sortis de mon sac les skates que nous avions déjà utilisés pour échapper à Anka.

– Ouais ! hurla Reghi, tout excité. Tu vas voir, Sahlla : je gère !

Alors que de nouveaux grondements résonnaient dans la baie, nous nous élevâmes et prîmes la direction du rivage.

– Go ! s'écria Reghi. Le dernier est une banane pourrie !

Lorsque nous fûmes sur la côte, complètement vidés mais heureux d'avoir échappé au piège des Bognav, nous nous allongeâmes dans l'herbe fraîche.

Sans nous en rendre compte, nous nous endormîmes.

Quand je me réveillai, Sahlla était blottie contre moi.

Troublé, je la regardai avec affection lorsque mon regard croisa celui de Reghi qui, moqueur, leva les yeux au ciel.

– Euh, tu n'aurais pas vu le parchemin, murmurai-je afin de faire diversion.

– Tssssss, souffla le lutin, qui n'était pas dupe. Il me semble que tu l'as glissé sous ton armure, non ?

– Ah oui, hum hum… toussotai-je pour essayer de faire bonne figure en extrayant le document.

Lorsque je le déroulai, je remarquai tout de suite qu'il n'y avait plus que quatre lunes dans le ciel de papier. Comme par magie, la carte comptait le temps dont nous disposions.

Je la confiai alors à Reghi, qui se tortilla de fierté.

Sahlla se réveilla et m'adressa un sourire débordant de tendresse.

– Bonjour, Hugues, me dit-elle d'une voix douce.

– Bon… bonjour, balbutiai-je, tandis qu'elle déposait un léger baiser sur ma joue.

– Tsss… De plus en plus ridicule, marmonna Reghi.

– Bonjour, Reghi, poursuivit la jeune femme en se relevant.

Elle lui fit également un baiser sur le front… Et le lutin rougit jusqu'aux oreilles.

– Bon… bonjour Sahlla, murmura-t-il en feignant de ne pas voir mon sourire.

Nous rassemblâmes tranquillement nos affaires et reprîmes notre route.

Nous longeâmes un petit ruisseau qui serpentait dans la prairie.

Le paysage était étonnamment coloré, et contrastait avec la pénombre et la noirceur que nous avions traversées jusqu'à présent.

Cela nous inquiéta.

En effet, en milieu hostile, la nature se pare parfois de formidables atours afin de mieux piéger ses proies.

C'est donc avec une méfiance exacerbée que nous nous engageâmes dans cet amas de rochers, tous plus gros les uns que les autres.

– La carte dit que nous sommes dans le chaos d'Uélgoite, nous expliqua Reghi, qui était fier de diriger l'expédition. Les gros rochers ronds que l'on voit partout sont les traces d'une violente bataille qui opposa Anka et un géant nommé Argoat.

– Tu es sûr ? demandai-je. Comment sais-tu cela ?

– Grâce aux cours de légendes que l'on nous a donnés à l'école. Matière que l'on m'a obligé à suivre pendant plusieurs années... Je comprends mieux pourquoi, maintenant ! On ne m'avait rien dit, mais il était évidemment prévu que je serais un jour choisi pour servir de guide au Maître des clés...

– Qui est Argoat ? interrogea Sahlla.

Reghi nous expliqua alors toute l'histoire.

– Argoat était un géant irascible qui vivait dans la région il y a fort longtemps. C'était un ermite qui ne supportait aucune présence sur ses terres. Rares étaient les inconscients à s'y aventurer, d'autant que non loin se trouvaient les montagnes des Sortilèges, un secteur qui, bien qu'étant sur les Terres maudites, reste encore aujourd'hui totalement indépendant. C'est de là que sont originaires toutes les sorcières ; même celles qui n'y vivent plus reviennent régulièrement s'y ressourcer. Un jour, Anka, qui n'était encore qu'une jeune sorcière inexpérimentée, s'éloigna des montagnes et traversa le territoire du géant. Sans le vouloir, elle déboucha dans la grotte où il vivait. Intriguée, elle visita les lieux avant de reprendre sa route. Le monstre, furieux de constater que quelqu'un s'était aventuré chez lui, décida de pister l'intrus et retrouva rapidement sa trace. Il s'ensuivit une bataille titanesque, à coups de rochers. Après la bagarre, la région n'était plus qu'un chaos de blocs de granit.

– Qui a gagné ? demandai-je.

– Personne, répondit mon compagnon. Mais Anka en garde un profond traumatisme tant elle fut effrayée par la colère du monstre.

– Depuis qu'elle règne sur ces terres, elle n'a jamais cherché à se venger ?

– Non, me répondit Reghi. Car, alors qu'elle était tombée au sol pendant la bagarre et que le géant allait l'écraser avec un énorme rocher, elle lui fit la promesse sacrée de ne plus jamais revenir ici. Elle a toujours respecté son engagement.

– C'est étonnant ! remarquai-je.

– Pas tant que cela, intervint Sahlla. Rompre une promesse sacrée entraîne la perte irrémédiable de tous ses pouvoirs. C'est une des lois incontournables de notre monde. Même les êtres maléfiques ne peuvent s'y soustraire. Et puis, elle a trouvé le moyen de sauver la face : certes, elle ne vient plus dans cette région. Mais Argoat, de son côté, ne peut pas en sortir…

– Eh bien, dis-je, essayons de ne pas trop traîner dans le coin, alors.

Nous nous glissâmes dans un étroit boyau serpentant au beau milieu des amas rocheux.

Nous étions comme trois fourmis à l'intérieur d'un labyrinthe minéral, et comme il faisait de plus en plus sombre, je décidai de sortir les lunettes à infrarouge que j'avais amenées avec moi.

– J'en ai juste trois paires, expliquai-je. Alors, prenez-en soin…

– Toc… Toc… Tac… Plouf ! firent celles de Reghi en tombant entre les rochers, avant de disparaître dans un tourbillon, au fond d'un gouffre.

– Oups, dit mon compagnon.

– Mode nuit, articula une voix qui nous fit sursauter.

– Qui a dit ça ? s'inquiéta le lutin.

– Pas moi, dis-je.

– Ni moi, ajouta Sahlla.

– C'est moi, chuchota la carte magique. Je suis programmée pour pouvoir vous guider à la voix lorsque la luminosité est insuffisante. Suivez mes indications à la lettre, et vous pourrez vous extirper sans encombre de ce dédale minéral. Nous approchons de la grotte du dragon Crocs-lah. Il vaut mieux faire un petit détour et passer au-dessus. Cela nous rallongera un peu, certes, mais ça nous permettra de ne pas rencontrer ce caractériel notoire. Il est atteint d'une maladie qui le fait dormir à tout moment. Et qui dit sommeil à toute heure dit réveils en sursaut. Et alors là, il est d'une humeur massacrante.

Nous grimpâmes donc sur l'immense rocher qui servait de toit à la grotte du dragon, en nous accrochant aux arbres enracinés ici et là sur le bloc de granit.

– Je le vois, près d'un gros feu de bois, chuchota Reghi en glissant sa tête dans une faille. Hé hé ! Il dort à poings ferméééééééééééés !

Ayant basculé dans le vide, le lutin venait de tomber dans la grotte.

Je me précipitai près de l'ouverture.

– Je le vois, dis-je. Tout va bien. Sa chute a été amortie par la bedaine du dragon. En revanche, il est à plat ventre et semble complètement sonné.

– Il est où ? demanda Sahlla.

– Sur l'animal justement. Il faut descendre pour l'aider !

– Ce n'est pas une bonne idée, intervint la carte. Il vaudrait mieux essayer de le récupérer à partir d'ici. Avec une corde, par exemple. Vous avez ça ?

Nous tirâmes une immense liane d'un arbre millénaire et y fixâmes un morceau de bois en forme de crochet.

– Viens par ici, me conseilla Sahlla. Il y a une faille plus grande, presque à la verticale de Reghi ; on sera plus à l'aise.

Par prudence, nous fixâmes l'une des extrémités de la liane à un gros arbre.

Puis nous laissâmes descendre le cordage, qui se balançait tel un serpent ensorcelé.

Le crochet alla se fixer dans la lèvre supérieure du dragon.

– Flûte ! réagit mon amie. Nous voilà bien !

Paniqué, je secouai la liane afin de tenter de décrocher l'hameçon.

– Ça y est ! soufflai-je. Ouf ! Ah, non... Mais, zut !

Le crochet était maintenant enroulé dans les cils du monstre.

Tirant sur la corde, je relevai plusieurs fois la paupière du dragon, faisant apparaître son œil jaunâtre et terrifiant.

Fort heureusement, le monstre, plongé dans un sommeil profond, ne réagissait toujours pas.

Au bout de nombreuses tentatives infructueuses, le bout de bois se libéra enfin.

Je le laissai descendre encore de quelques mètres et, une fois à proximité de mon compagnon, je le fis se balancer d'avant en arrière, espérant agripper au passage le ceinturon du lutin évanoui.

Le crochet glissa sur l'armure et vint finalement se loger au niveau de l'entrejambe de Reghi.

– Je crois que la potion magique d'Ighor va lui être utile ! dis-je en souriant, tandis que l'une des ramifications du branchage se coinçait finalement à l'arrière du ceinturon de mon compagnon.

Il était dorénavant solidement harnaché.

Nous soulevâmes délicatement Reghi, qui s'éleva dans les airs par petits à-coups.

Le lutin se réveilla alors qu'il passait devant le visage du monstre.

– Mmmhh... Qu'est-ce qui se passe ? marmonna-t-il, le postérieur orienté vers la tête du dragon.

Pivotant sur lui-même sous l'effet de nos efforts, Reghi se retrouva soudain face à la créature.

– Maman ! hurla-t-il, en s'agitant comme un beau diable au bout de la liane.

À moitié endormi, le monstre laissa échapper une petite flamme, que le lutin évita *in extremis* en écartant les jambes.

– Mince ! dis-je. Le dragon se réveille !

C'est alors que Reghi eut un éclair de génie.

Bien que tremblant de tout son corps, il eut la présence d'esprit de fredonner une berceuse.

– Fais dodo, brrrr... Crocs-lah mon p'tit frèreuh... Aglagla... Fais dodo, t'auras du gigot.

Charmé par la comptine, les paupières lourdes, le dragon s'enfonça à nouveau dans un profond sommeil.

Le sourire crispé et la sueur perlant sur son front, Reghi leva vers nous un pouce vainqueur... qui se transforma rapidement en un pouce réclamant une montée immédiate.

Une fois près de nous, Reghi sortit une gourde de son sac et but une grande rasade d'eau fraîche.

– Pfffiouh, souffla-t-il. Je l'ai échappé belle. Merci, mes amis. Mais quelle région pourrie ! J'en viens à regretter le monde réel. C'est dire !

– Peut-être « pourrie », gronda une grosse voix. Mais c'est chez moi...

Derrière nous, un ogre immense nous toisait de toute sa hauteur.

– Argoat ! s'écria Sahlla.

– Lui-même ! répondit la créature. Et je n'aime pas beaucoup les vilains intrus !

Il claqua des doigts et des racines sortirent de terre, près de chacun de nous. Trois arbustes poussèrent aussitôt, avant de prendre forme humaine. Leur peau semblait tissée de feuilles de laurier.

Celui qui était le plus proche de moi me regardait en inclinant lentement la tête.

Il m'observait, tel un peintre reproduisant un paysage, puis les traits de son visage se modelèrent. Il me ressemblait de plus en plus.

Lorsqu'il fut devenu mon double végétal, il m'enlaça, avant de se fondre en moi. Dès lors, incapable du moindre mouvement autonome, je me retrouvai contrôlé de l'intérieur par cet être étrange.

Sahlla s'était également fait surprendre et demeurait statique, face à l'ogre. Seul Reghi résistait encore.

– Non, mais dites donc ! s'énervait-il. Essaie encore de me serrer contre toi et tu vas voir de quel bois je me chauffe !

Tout en gardant à distance son vis-à-vis du bout de son épée, il recula de plusieurs pas, sans apercevoir la grosse pierre qui se trouvait derrière lui.

– Corniquedouille ! s'exclama-t-il en tombant à la renverse.

Le double végétal se pencha vers lui.

– Hé ! s'écria Reghi. Ne joue pas au papa et à la maman avec moi ou alors je…

À son tour, mon compagnon était désormais sous l'emprise du gardien végétal. Je sentis que mes forces m'abandonnaient.

Incapable de lutter, je m'endormis, comme anéanti par une mauvaise grippe.

Lorsque je me réveillai, j'étais allongé par terre, et attaché à un long piquet de bois.

Près de moi, également saucissonnés, se tenaient mes deux compagnons.

On nous avait retiré nos armures.

– J'aime bien la forme de ces baguettes, avec leur petite pointe fine, me dit l'ogre, en penchant sa tête à l'horizontale. Non seulement ça permet de faire de superbes grillades mais, en plus, après on peut se curer les dents. Le top !

– Vous... vous n'allez pas nous dévorer, quand même ? m'inquiétai-je.

– Tu rigoles, adorable petite friandise ? Bien sûr que je vais vous manger ! Vous êtes déjà imprégnés du laurier qui a fondu en vous, et... mmmm... Je m'en régale d'avance ! Ça me changera des korrigans poilus et des troscoats qui puent des pieds.

– Moi aussi ! Moi aussi, je pue des pieds ! crut bon de réagir Reghi.

L'ogre s'avança vers moi, un gros pinceau à la main, et me badigeonna d'huile aux herbes.

Pas une seule partie de mon anatomie n'échappa à sa préparation gourmande. Pas même l'intérieur de mes narines.

Il en fit de même avec mes compagnons.

– Mais, qu'est-ce que vous faites ? hurla Reghi. Relâchez-nous sur-le-champ, où il va vous en cuire ! Savez-vous qui nous sommes ? Savez-vous qui JE suis ? Ah, mon ami, vous vous fourrez dans de sales draps ! J'aime autant vous dire que…

– « Fourrer » ? C'est une bonne idée, petit amuse-gueule !

– Comment ? s'offusqua le lutin. Je vous préviens…

– Tu aimes les pommes ? demanda le colosse d'une voix douce.

– Euh, oui… répondit Reghi en souriant, étonné par la soudaine gentillesse du monstre.

– Eh bien, tiens ! ajouta-t-il en lui calant un fruit dans la bouche. Aaaahhhh ! Du silence ! Comment ? Que dis-tu, petit être ? Articule, je ne t'entends pas ! Ha ha ha !

Il regarda les fesses du lutin.

– Bon, ces pruneaux, où vais-je bien pouvoir les mettre ? interrogea-t-il, tandis que Reghi ouvrait de grands yeux horrifiés.

– Je ne sais pas si Ankou va être très content de ce que vous faites, intervins-je, afin de détourner l'attention du cuisinier.

L'ogre se gratta la tête et me releva à la verticale.

– Qu'est-ce qu'Ankou vient faire là-dedans ?

– Il nous a confié une mission, expliquai-je.

– Exactement, renchérit Sahlla. Celle d'aller terrasser Anka !

– Vous mentez !

Le géant me relâcha sans précaution, me faisant choir lourdement sur le côté.

Puis il déambula de long en large à travers la grotte, ajoutant de temps à autre une bûche dans le foyer qui crépitait au milieu de la salle.

Les flammes dansaient joyeusement, et de petites étincelles s'envolaient régulièrement dans les airs, avant de retomber au sol dans un dernier sursaut flamboyant.

Plusieurs fois, Argoat se passa la main sur le visage, à la recherche de l'inspiration qui lui dicterait la meilleure des marches à suivre.

– Je… réfléchit à nouveau l'ogre. Vous…

Il frotta plusieurs fois son index sous son nez.

– Certes, je n'aime pas cette vieille peau, marmonna-t-il. Et il est vrai qu'il ne serait pas pour me déplaire qu'elle disparaisse. Depuis qu'elle a pris le pouvoir dans les Terres maudites, je suis cloîtré ici, condamné à ne pas quitter mon domaine.

Il nous toisa de haut en bas et souffla sur les braises pour attiser le feu.

– Mais, en même temps, les pouvoirs d'Anka grandissent chaque jour, depuis qu'il n'y a plus de lunes au

Pays des Songes, reprit-il. Vous n'avez aucune chance de réussir. Alors, qu'est-ce que j'ai à gagner dans cette histoire ? Si Anka apprend que j'ai comploté contre elle, la promesse sacrée sera rompue, et cette vieille peau en profitera pour m'envoyer son armée. Elle me chassera de chez moi, et je n'aurai plus qu'à errer dans les déserts de l'Oubli. Brrrrrr…

– Croyez-vous qu'Ankou aurait pris la décision de nous aider s'il pensait que nous pourrions échouer ? demanda Sahlla.

Argoat, perturbé par cette remarque, dodelina de la tête.

– Et n'oubliez pas, ajouta la guerrière, que si Anka est éliminée, quelqu'un d'autre pourra régner sur les Terres maudites. Quelqu'un de puissant… Quelqu'un comme vous… Nous avons un secret, Argoat. Hugues vient du monde réel, avec des armes et des technologies dont Anka elle-même ignore la puissance !

Je sentis que l'ogre hésitait, et je décidai d'enfoncer le clou.

– Des amis à moi sont déjà dans la place, chez Anka.

– Tu veux parler des enfants qu'elle a fait prisonniers, je suppose ? releva-t-il. Je suis au courant. Pffff… Ils ne te seront pas très utiles, là où ils sont !

– Comment ça ? dis-je avec inquiétude.

– Ils sont emprisonnés dans les geôles d'Agor ! Impossible d'approcher ce secteur sans être vaincu par la chaleur environnante.

– Nous irons les sauver ! m'exclamai-je avec fougue. Et nous irons combattre Anka !

Sahlla invita l'ogre à regarder l'épée qui était dans mon fourreau.

Argoat reconnut aussitôt l'arme magique.

– Tu es… le Maître des clés ? Par Torémé, comment est-ce possible ? Le Maître des clés… ici… sur les Terres maudites ?

L'ogre fronça les sourcils et prit à nouveau le temps de réfléchir.

– Sais-tu que tu prends un risque inconsidéré ? reprit-il. Si d'aventure tu disparaissais, cela permettrait aux êtres de ces terres d'envahir les Mondes imaginaires et le monde réel ! Anka me paierait très cher pour ta capture. Et elle m'offrirait le poste prestigieux de chef des armées. À coup sûr !

L'ogre se dirigea vers un coffret, qu'il ouvrit sans attendre.

Il en retira un morceau de papier en forme d'oiseau.

– C'est une colombe séchée, expliqua-t-il. Ça ne prend pas de place, ça ne piaille pas et ça ne fait pas de crottes ! Bien pratique !

Il porta le bec à sa bouche et souffla dedans.

Ce geste surprenant eut pour effet de gonfler l'animal qui, par la même occasion, revint à la vie.

L'oiseau étant un peu trop gros à son goût, et donc gêné pour voler, le monstre décida de le dégonfler un peu.

– Bon, alors, elle est où cette sacrée valve ? Ah, voilà !

Il appuya alors du bout des doigts sur le postérieur de la colombe, qui se mit à siffler.

– Zut ! s'exclama-t-il tandis que l'oiseau, qui lui avait échappé des mains, zigzaguait dans les airs comme un ballon de baudruche en train de se dégonfler.

Il alla le ramasser et tenta de le gonfler à nouveau.

– Et voilà ! s'énerva-t-il après plusieurs essais infructueux. Maintenant, il est percé…

Il jeta la colombe au sol et la piétina furieusement.

Puis il sortit un nouvel animal de la boîte.

Pressé d'en finir, il prit une grosse inspiration tout en regardant dans notre direction.

Il souffla longuement, sans se rendre compte que l'oiseau gonflait, gonflait, gonflait… au point de devenir un gros ballon… qui finit par exploser.

– Et crotte de crotte ! tempêta-t-il. Mais qu'est-ce que c'est que ce matériel ?

Il essaya avec un nouvel exemplaire et, cette fois, le résultat fut à son goût.

– Crouich, fit-elle lorsqu'il l'avala.

– Oh, non ! se lamenta Argoat. Quel vilain gourmand je suis ! Je n'ai plus qu'à recommencer… Et il ne m'en reste plus qu'une !

La dernière tentative fut la bonne.

L'ogre écrivit alors une missive, qu'il fixa sur le dos de l'oiseau.

Puis il nous expliqua qu'il avertissait ainsi Anka de notre capture.

– Hé hé ! se réjouit-il. À moi la puissance et la gloire !

L'ogre contempla le volatile qui s'éloignait dans les cieux, puis il jeta un grand sac sur son épaule.

– Bon ! Puisque je ne peux malheureusement pas vous manger pour l'instant, je vais aller relever mes pièges ! À tout à l'heure, mes perdreaux !

Chapitre 4

Les korrigans

Cela faisait déjà un bon moment qu'Argoat était parti lorsque nous entendîmes de petits bruits autour de nous.

Un étrange personnage, fortement velu et coiffé d'un chapeau plat orné de rubans, s'approcha de nous, un poignard à la main.

– Un korrigan, murmura Sahlla.

Le petit être observa attentivement les environs, puis siffla entre ses doigts.

Plusieurs autres créatures apparurent alors et vinrent trancher nos liens.

– Wow ! s'exclama Reghi après avoir retiré la pomme de sa bouche. Schhhhlurp… Que ça fait du bien de pouvoir parler à nouveau !

– Du bien, du bien… murmura Sahlla. Ça dépend pour qui !

Entraînés par nos sauveurs, nous quittâmes aussitôt les lieux en direction de petites montagnes aux crêtes déchiquetées.

Nous traversâmes une forêt sombre, qui était loin de sentir la noisette.

– Pouah ! grimaça Reghi, en se bouchant le nez. Je ne sais pas qui vient de faire ça, mais c'est un gros dégoûtant !

– Je ne pense pas que ce soit le fait de nos accompagnateurs, chuchotai-je en souriant.

– Non ? murmura le lutin avec étonnement. Tu veux dire que c'est Sahlla ?

– Mais non, voyons ! Cette odeur vient de la forêt elle-même. Ça sent l'animal pourri. Beurk, ça donne envie de vomir.

La pénombre nous empêchait de percevoir avec précision les contours squelettiques des arbres, mais leur forme étrange m'intriguait.

Je sortis une lampe de poche et tentai de pointer le faisceau lumineux en direction d'un des plus grands.

Aussitôt, l'un des nains qui nous guidaient me frappa violemment le poignet avant de briser, d'un coup de talon rageur, la lampe tombée au sol.

– Pas de lumière, poil au derrière ! me dit-il d'une voix nasillarde en me donnant une claque sur le postérieur. Ils dorment : tu veux nous faire tuer ou quoi, poil aux doigts ?

– Dé... désolé, dis-je en repliant les doigts sur lesquels il venait de frapper.

– Bêta d'humain, poil aux mains ! hurla un deuxième, avec la même voix de tête.

– Et vous, vous croyez que c'est malin de hurler ainsi si vous ne voulez pas les réveiller ? objecta Reghi pour me défendre, tandis que je levais les bras afin que mes mains soient hors de portée.

– Ils sont sourds, poils autour ! répondit le korrigan.

– Dépêchons-nous, poil au cou ! s'exclama un autre korrigan en pinçant la nuque de son voisin. Les nuages se dissipent et la lune apparaît, poil épais !

– Il n'y a qu'une lune ? demandai-je. Pourtant, nous...

– Évidemment, poil aux dents ! (Dans le même réflexe, tout le monde ferma la bouche, au grand désespoir de notre interlocuteur.) Vite, la lumière de la lune va les réveiller, poil au nez !

Nous accentuâmes la cadence et nous nous mîmes même à courir.

– Na fait nuper mal ! râlait Reghi en se tenant le bout du nez, que le korrigan venait de gratifier d'une jolie tape.

Il nous restait encore plusieurs dizaines de mètres à parcourir lorsque les arbres commencèrent à s'animer.

– Regardez ! s'écria Sahlla, tandis que la luminescence de la lune éclairait les alentours. Ce ne sont pas des arbres.

Juchés les uns sur les autres, des squelettes formaient des pyramides de plusieurs individus, donnant l'impression de branchages.

Ils se séparèrent et se jetèrent au sol afin de nous faire barrage.

L'un d'eux, le regard sadique, fit quelques pas vers nous, un fémur à la main.

Saisissant fermement les extrémités, il le brisa en deux contre sa cuisse.

– Sortez vos armes ! lança courageusement Reghi en pointant son épée. Nous allons devoir nous battre… euh… poil aux pattes !

– Non, ça rime pas, poil aux bras ! corrigea un korrigan, en pinçant le lutin.

C'est alors que le squelette, armé de ses deux morceaux d'os, se jeta sur moi en hurlant.

N'ayant pas eu le temps de dégainer mon épée, il aurait dû me toucher lors de ce violent assaut.

Mais une lame puissante le coupa dans son élan.

La tête tranchée, complètement désorienté, il tournoyait à la recherche d'une proie.

– À droite ! le guidait le crâne qui gisait au sol. Deux pas à ta droite ! Puis trois pas... CRRRRAAACCCCC !

– Ha ha ! s'exclama Reghi, qui venait d'écraser la tête du squelette à l'aide d'un bloc de pierre. Ça va être plus difficile, maintenant !

– Merci, Sahlla, dis-je à mon amie, tandis qu'elle frappait un nouvel ennemi.

Elle m'adressa un sourire rempli d'affection.

Troublé, je me sentis rougir.

– Ah, non ! Ça ne va pas recommencer ! râla Reghi en montrant les nombreux squelettes qui nous encerclaient. Mais vous êtes de vrais obsédés !

Toutes lames dehors, nous combattîmes avec ardeur, efficacement soutenus par les korrigans, qui s'avéraient être de redoutables guerriers.

Nous parvînmes à repousser nos assaillants et, profitant d'une faille dans le rideau adverse, nous courûmes le plus vite possible jusqu'au bord du plateau.

Nous étions sur une immense dune de sable, du haut de laquelle nous surplombions une prairie jonchée d'innombrables blocs de pierre.

Nous sautâmes à la suite des korrigans et glissâmes le long de la pente sableuse.

Plusieurs de nos poursuivants dévalaient également la dune à grande vitesse ; ils nous doublèrent dans un bruit de bambous qui s'entrechoquent.

L'un d'eux, qui levait les bras afin de nous frapper avec un os immense, percuta violemment un rocher qui dépassait du sable.

Explosant en mille morceaux, il ne fut bientôt plus qu'un jeu d'osselets roulant dans la pente.

Lorsque nous arrivâmes en bas, au beau milieu de nombreux dolmens et menhirs, plusieurs squelettes nous attendaient, avec la ferme intention d'en découdre.

Ils s'avancèrent, menaçants, vers notre petit groupe.

Les korrigans, qui leur faisaient face, ne semblaient pas effrayés.

L'un d'eux siffla entre ses doigts, et d'énormes chiens à deux têtes sortirent des dolmens.

Voyant cela, les squelettes comprirent qu'ils allaient servir de festin et, paniqués, tentèrent de remonter la pente sableuse.

Ils n'en eurent cependant pas le temps.

Les molosses se jetèrent sur eux et les broyèrent entre leurs mâchoires monstrueuses.

De petits carnassiers, semblables à des fennecs mais de la taille d'un hamster, vinrent se rassasier des miettes d'os.

Au milieu de la prairie se dressait un petit dolmen couvert de gravures celtes et d'entrelacs.

Nos guides s'y engouffrèrent en nous faisant signe de les suivre.

Sous l'édifice, un souterrain plongeait dans les entrailles de la terre.

– Où allons-nous ? demandai-je.

– Voir Gaédig, notre grande prêtresse, poil aux…

– Hum hum ! toussa Reghi, tout en prenant garde de protéger son arrière-train.

Nous descendîmes jusqu'à un petit lac souterrain. Le long des parois de la galerie, de jolis flambeaux éclairaient notre chemin.

– Nos transporteurs vont arriver, poil au nez, dit un korrigan.

Il reçut alors une grosse pichenette sur la tête de la part d'un de ses congénères.

– Répétition, poil au menton ! Tu as dit deux fois « poil au nez » aujourd'hui, poil au zi…

– Hum hum hum ! toussa à nouveau le lutin en montrant du doigt Sahlla. Nous avons une dame avec nous, voyons !

Une énorme limace sortit de l'eau.

– Ahhhhhhhhh ! hurla Reghi en se réfugiant derrière moi.

– N'ayez pas peur, c'est l'un de nos moyens de locomotion, poil aux tétons ! Hi hi, aux tét...

– Bas les pattes ! se défendit Sahlla en frappant sèchement la main du korrigan.

La grosse limace ouvrit une énorme gueule et avala Reghi d'un trait.

– Hé ! hurlai-je, en dégainant mon épée.

– Tout va bien, poil aux reins ! cria l'un de nos guides. Regardez, poil aux pieds.

Tout en écrasant les orteils de son voisin avec son talon, il pointa son index vers les yeux transparents de l'animal.

À l'intérieur, nous vîmes une sorte de cabine de pilotage dans laquelle se trouvaient un korrigan et Reghi, qui s'asseyait près de lui en nous adressant un large sourire.

Plusieurs autres limaces surgirent de l'eau et nous avalèrent les uns après les autres.

Puis elles plongèrent et entamèrent leur procession sous-marine.

Les fonds marins étaient semblables à ceux que je connaissais au travers de mes plongées sur la côte bretonne : rochers couverts d'algues laminaires, bigorneaux et huîtres sauvages.

Des anémones de mer ondulaient au rythme du léger courant, et des astéries somnolaient sur le sable.

Depuis quelques instants, ma limace paraissait anxieuse.

Elle tournait continuellement la tête, d'un bord et de l'autre, et observait les réactions de ses congénères avec une grande attention.

– Damned, murmura le korrigan qui la pilotait. Elle sent quelque chose d'anormal. Je crains que nous ne soyons attaqués par des zérissons.

– Des zérissons ? C'est quoi ?

– C'est ça ! hurla-t-il en tournant violemment le levier de direction vers sa droite.

Grâce à la manœuvre du korrigan, nous évitâmes la bête, qui alla percuter la limace d'à côté.

Ses longs pics acérés transpercèrent le pauvre animal de part en part.

– Des hérissons ! m'exclamai-je. Ce sont des hérissons marins !

– On dit des zérissons, corrigea le pilote. Pas des « hé »rissons. Heureusement, il n'y a qu'un seul couple. Ils viennent chercher de la nourriture pour leurs petits.

Une deuxième limace fut harponnée et entraînée dans une faille sous-marine.

– On l'a échappé belle, souffla le korrigan. Ils vont nous laisser tranquilles maintenant qu'ils ont ce qu'il leur faut.

– Il y avait des amis à vous à l'intérieur des deux limaces ? demandai-je.

– Amis ? Pffff, l'amitié, ça ne sert à rien ! Ha ha ! Il y a longtemps que notre peuple ne s'occupe plus de ce genre de bêtise !

Nous remontâmes à la surface et approchâmes d'un petit port de pêche blotti au creux des falaises.

Nous étions à nouveau à l'air libre.

Les cabanes bigarrées des pêcheurs, colorées tantôt en bleu, rose, jaune, rouge, donnaient à la bourgade des allures de village irlandais.

Les limaces nous déposèrent sur le quai, et nous avançâmes sur un ponton de bois aux lattes brûlées par le sel.

– C'était trop bien ! commenta Reghi avec un grand sourire. On m'a même laissé piloter la bestiole ! Bon, je dois reconnaître que j'ai eu un peu peur quand on a été attaqués, mais... tout est bien qui finit bien ! Nous voilà en sécurité !

– Attention, poil aux petons ! hurla un korrigan en montrant le ciel. Et... Tous aux abris, poil....

Englouti par le puissant bec d'un gros volatile, le pauvre n'eut pas le temps de terminer sa phrase. Nous entendîmes ses os craquer sous les dents de l'animal.

– Des mouettes-souris ! hurla un autre korrigan, avant d'être, lui aussi, avalé.

L'escadrille d'étranges volatiles, mélange de mouettes et de chauves-souris, fondait sur notre équipe, visant en priorité les plus petits d'entre nous.

Conscient d'être une cible de choix, Reghi se précipita vers moi et grimpa sur mes épaules.

– Attention ! criai-je en me baissant, alors qu'un de nos agresseurs fondait en piqué vers nous.

Le lutin pivota afin d'esquiver l'attaque, mais l'oiseau le frappa au passage… entre les jambes. Pile à l'endroit de sa protection magique.

Le bec de l'animal explosa sous la violence du choc, et l'oiseau alla s'abîmer en mer.

– Bien fait ! triompha Reghi, très fier d'avoir eu l'idée de protéger cet endroit.

De nombreux korrigans, qui avaient assisté à la scène assis aux terrasses des cafés, vinrent à notre secours, armés d'arbalètes.

Ils tuèrent plusieurs mouettes-souris et firent s'enfuir les autres.

L'un de nos sauveurs, traînant sa jambe de bois sur les lattes gondolées du ponton, cracha par terre et nous fit signe de le suivre.

Nous fûmes conduits à une terrasse, où nous nous assîmes dans de larges fauteuils en osier tressé.

Une serveuse soigna les égratignures de nos accompagnateurs, tandis que l'on nous servait une boisson revigorante.

Étonnamment, aucun korrigan ne parla de ce qui venait de se passer.

Aucun d'entre eux n'évoqua même ceux qui avaient péri dans la bataille.

– Tenez ! Une bonne soupe de poisson, poil au front ! nous annonça le patron du bistrot. Je m'appelle Yeun Abgral…

– À poil ! cria un korrigan édenté, dans l'hilarité générale.

– Ha ha ha ! rit également Yeun, tandis que nous assistions, éberlués, aux réactions puériles des korrigans.

– Tiens, toi, petit bonhomme, dit Abgral à Reghi, sais-tu comment s'appelle notre village ?

– Euh, c'est-à-dire que, je… balbutia mon compagnon.

– Tréguier-les-Poils ! s'exclama Yeun fièrement, en réclamant de grosses pintes de bière. La capitale du poil !

BAM-BAM-BAM-BAM, firent les poings des korrigans, battant la mesure sur les tables.

Yeun grimpa sur l'une d'elles et entama une chanson rythmée, en tapant de son sabot sur le bois.

– Moi, je connais un village qui s'appelle Tréguier-les-Poils.

BAM-BAM-BAM.

– On y boit toute la nuit car ça fait…

– … pousser les poils ! hurlèrent en chœur toutes les tablées. BAM-BAM-BAM.

– On chante toute la nuit, on boit, on danse, on riiiiiiit…

– … iiiiiiiiiiiiiiiiiiiiiiit ! BAM-BAM-BAM.

– On rit car quand ça pousse, les poils…

– … ça se trémousse ! BAM-BAM-BAM.

Les korrigans chantèrent ainsi pendant des heures, et dansèrent des gavottes endiablées au rythme des bombardes et des accordéons.

– Excusez-moi, dis-je à Yeun, après avoir somnolé tout un moment malgré l'ambiance festive, mais je viens de regarder ma carte, et il ne reste plus que trois lunes pour remplir notre mission. Pourriez-vous nous amener à votre prêtresse dès que possible ?

Le korrigan, qui avait un peu trop abusé de la boisson, me regarda en louchant et posa sa main sur mon épaule.

– Burp ! Oui, fout ta tait… Euh, tout à fait. Gaédig nous a mis au courant. Nous allons vous mener à notre pêt… prêf… prêtresse, bien sûr.

Je réveillai Reghi et Sahlla, qui s'étaient endormis, bercés par le brouhaha ambiant, et nous suivîmes Yeun, accompagné de deux de ses amis.

Nous quittâmes le village par un petit sentier côtier, et nous grimpâmes sur la falaise.

L'air frais qui montait jusqu'à nous nous fit le plus grand bien.

Nous marchâmes une petite heure, accompagnés des éructations de nos guides, qui digéraient avec peine leurs excès de boissons.

Lorsque nous arrivâmes à proximité d'un petit dôme fait de terre et de pierre, les korrigans s'assirent dans l'herbe rase.

– On est arrivés, poil aux pieds, souffla Yeun. Gaédig, notre prêtresse, habite ici. Elle vous attend, poil aux… pffiou, je sais pas… J'ai trop mal à la tête… Nous, on va rester là. On va faire une petite sieste. Et après… RRRrrrrrrrrr…

– Ils se sont endormis, constata Sahlla en souriant.

– Ça ne me surprend pas, dis-je. Je ne sais même pas comment ils ont fait pour rester éveillés jusqu'à maintenant !

– Je me demande ce que c'est que cette habitation, observa Sahlla en détaillant le dôme de terre.

– Ça m'a tout l'air d'être un tumulus, dis-je. J'en ai déjà vu dans des expos sur les nécropoles mégalithiques. J'ai toujours aimé visiter les sites archéologiques.

– Houlà ! C'est quoi, ce charabia ? réagit Reghi.

– Ce sont d'anciennes sépultures. Là où ils mettaient les morts il y a des milliers d'années. Je parle d'années humaines, bien sûr.

– Quoi ? sursauta Reghi. Et… et tu crois que Gaédig habite là-dedans ? Mais, si ça se trouve, c'est une morte-vivante ! Brrrrrrr… Aglagla…

– Je ne pense pas, dit Sahlla. Sinon, les korrigans auraient peur, non ?

– Pas forcément, dis-je. Nous sommes sur les Terres maudites. À mon avis, ils doivent avoir l'habitude de côtoyer ce genre de créature…

– Aglagla ! trembla Reghi. On peut pas repartir ?

J'essayai de raisonner notre compagnon, et lui expliquai que si Ankou souhaitait que nous rencontrions Gaédig, c'était qu'il avait confiance en elle.

Toutefois, quelque peu inquiets de ce que nous allions découvrir, nous avançâmes prudemment, comme si nous essayions de retarder le moment inévitable où nous serions en présence de la prêtresse.

Précédant Sahlla, qui tenait son arme à la main, et Reghi, qui agrippait la jambe de mon pantalon, je frappai à la porte.

Chapitre 5

Les vampires

Une jeune et jolie femme vint nous ouvrir.

Agréablement surpris, Reghi et moi lui adressâmes un sourire éclatant.

Sahlla en fut très contrariée mais, mordillant sa lèvre inférieure, elle ne dit mot.

– Quelle beauté, chuchota Reghi. Aïeuh !

– Oh, pardon, s'excusa Sahlla, qui venait de lui marcher volontairement sur le pied. Désolée…

– Bonjour madame, commençai-je. Je m'appelle Hugues, et voici mes amis Sahlla et Reghi. Nous venons de la part d'Ankou, et nous souhaiterions rencontrer Gaédig.

– C'est moi, répondit-elle d'une voix qu'elle voulait douce, mais qui sonnait pourtant faux. Je vous attendais, effectivement. Heureusement pour vous d'ailleurs. Il n'est jamais bon de venir me déranger pour rien. Je… A… AA… ATCHAAAAA !

Alors qu'elle éternuait violemment, nous entendîmes un craquement, et le masque qui lui recouvrait le visage tomba au sol.

– Saperlipopette ! s'écria-t-elle.

Nous vîmes alors son faciès décharné, semblable à celui d'un cadavre.

De gros vers blancs se baladaient sur ce qui lui restait de peau, tandis que l'un d'eux s'aventurait dans sa bouche par l'un des trous de sa joue.

– Chuivez-moi, marmonna-t-elle en mâchant l'animal.

Soulagée d'avoir vu disparaître toute concurrence, Sahlla s'engagea volontiers à la suite de la sorcière.

– Jalouse ! Jalouse… murmura Reghi, en me gratifiant d'un clin d'œil magistral.

Nous entrâmes dans la maisonnée en suivant un étroit couloir en pierre qui serpentait sur plusieurs mètres.

Des racines pendouillaient au plafond, et le sol en terre battue craquait sous nos pieds.

– On marche sur quoi ? murmura Reghi. On dirait que ça croustille. Tu peux me passer tes lunettes à phares rouges ?

– À infrarouge, corrigeai-je. Tiens. Mais prends-en soin, dis-je en les tendant au lutin.

– Berk ! s'écria-t-il en sautillant sur place après les avoir posées sur son nez. Ce sont des blattes ! Des millions de blattes !

Nous débouchâmes dans une petite pièce éclairée par d'innombrables bougies.

Des potions magiques de toutes les couleurs, des alambics biscornus, de vieux grimoires et toutes sortes de bocaux remplis de plantes et d'animaux divers occupaient la pièce dans un véritable capharnaüm grouillant d'insectes.

La prêtresse enfila des gants métalliques, qu'elle trempa dans un liquide jaunâtre. Récitant des incantations dans une langue que nous ne connaissions pas, elle resta de nombreuses minutes tournée vers une statuette semblable à une idole maléfique.

Puis elle se retourna vers nous.

Ses yeux rouge sang brillaient comme deux rubis.

– Une partie de votre corps est déjà protégée par le sortilège des frères Bognav. Je vais désormais vous offrir la protection de tout le reste. En revanche, sachez bien que, si elle est efficace contre de nombreuses créatures sur les Terres maléfiques, je ne peux vous garantir qu'elle résistera très longtemps aux assauts d'Anka.

Nous fûmes alors enveloppés d'un halo bleuté, qui disparut au bout de quelques secondes.

– Vous voilà protégés, dit-elle en retirant ses gants. Ankou m'a dit que vous deviez passer par le domaine d'Argoat, et qu'il se méfiait de cet ogre, dont il a toujours pensé qu'il était un traître. J'ai donc demandé aux korrigans de vous surveiller et d'intervenir si nécessaire, afin de vous guider jusqu'ici.

Gaédig rangea quelques alambics, avant de reprendre.

– Vous allez devoir vous rendre chez la sorcière Athéa, qui sera votre dernier contact allié. Toutes les autres créatures que vous rencontrerez risquent d'être contre vous. Athéa est une sorcière aux pouvoirs remarquables. Vous allez repartir avec les korrigans jusqu'au port. Là, vous embarquerez pour la côte d'en face, sur le bateau de Teobaldo. Une fois à quai, vous traverserez le village vers l'est jusqu'à un champ de fleurs. Les Matota.

– Oui, on nous en a déjà parlé, dis-je.

– Très bien. Alors, je suppose qu'on vous a averti de leur agressivité si on ne leur chante pas de berceuses... Et, malheureusement, le sortilège de protection ne fonctionne pas avec elles. Une fois cette épreuve réussie, vous devrez vous rendre au château d'Athéa. Méfiez-vous du chevalier noir qui rôde souvent par là-bas.

La prêtresse nous reconduisit à l'extérieur de sa demeure.

– Je ne vous fais pas la bise, dit-elle en nous donnant une bourse remplie d'or pour payer notre traversée.

– Non, ce ne sera pas nécessaire, commenta le lutin en observant son visage avec dégoût.

– Bonne route, ajouta-t-elle avant de refermer la porte de sa maison.

Les korrigans nous attendaient, assis sur un rocher, occupés à cracher le plus loin possible les noyaux des cerises qu'ils venaient de cueillir.

Lorsqu'ils nous virent, ils se redressèrent d'un bond et nous demandèrent ce que nous avait dit la prêtresse.

Ils regardèrent avec envie l'intérieur de la bourse.

Visiblement, ils aimaient beaucoup l'or, car leurs yeux devinrent rouges, et je crus qu'ils n'allaient pas résister à l'envie de nous détrousser.

Nous leur expliquâmes que nous devions retrouver un certain Teobaldo sur le port, afin qu'il nous fasse traverser la baie.

– Teobaldo ? réagit Yeun. Ouh là ! Il ne faut pas tarder ! Son bateau part dans peu de temps. Il va falloir courir ! Et vite !

Nous dévalâmes le sentier en pente à toute allure, et arrivâmes alors que le bateau se trouvait déjà à plus de cent mètres du bord.

– Attendez ! hurla Yeun. Nous avons trois passagers importants à faire traverser !

– Ma qué ? gronda le capitaine. Yé oune horaire à respecter ! Yé n'ai pas lé temps dé revenir.

– Il faut absolument qu'ils aillent au village de LosCrocsNhan.

– LosCrocsNhan ? Ma… Ils sont fous tes amis ? Yé né vais pas yousque là-bas ! Yé passe lé long de la côte, ma yé n'accoste pas. Trop dangereux !

– Tu seras grassement payé !

– Ah, là c'est différent ! Ma, lé mieux que yé puisse faire est de m'approcher à quelques centaines de mètres. Bueno ! Il faut vous débrouiller pour me les expédier !

– C'est d'accord ! On vous les envoie par coquilles de noix ! Tu auras une jolie prime, Teobaldo !

– Muy bien ! Yé prépare les coussins !

Sans que nous ayons le temps de comprendre ce qui se passait, plusieurs korrigans nous attrapèrent et nous enfermèrent chacun dans une énorme coquille de noix.

Au travers du petit orifice qui nous permettait de respirer, nous pouvions voir ce qui nous arrivait. Même si, orienté vers le village, je ne compris pas tout de suite le sort qui nous était réservé.

– Attention ! Feu ! ordonna un korrigan.

– Aaaaaaaahhhhhhhh ! hurla Reghi dans un cri qui s'éloignait de plus en plus.

– Suivant ! lança Yeun.

Je sentis qu'on faisait pivoter ma coquille, et l'on me fit rouler jusqu'à une catapulte.

Là, plusieurs korrigans me soulevèrent puis me déposèrent dans un panier fixé à l'extrémité de l'engin.

– Feu !

Propulsé à une vitesse phénoménale, je me rapprochai du bateau à toute allure… et m'écrasai dans un énorme amas de coussins.

Peu de temps après, la coquille de Sahlla vint heurter la mienne.

Les membres de l'équipage nous sortirent de nos carapaces, et nous constatâmes avec surprise qu'ils nous tenaient en joue avec de longs fusils.

– Oro ! exigea Teobaldo. Où est l'or ?

Je lui tendis la bourse, qu'il saisit d'un geste sec.

Satisfait de ce qu'elle contenait, il fit signe à ses hommes d'abaisser leurs armes.

– Muy bien ! Vous êtes bienvenidos sur mon bateau !

Heureux de cette belle affaire, le capitaine se mit à la barre et entama une chanson.

– *O sole mio, sta 'nfronte a te ! O sole, o sole mio. Sta 'nfronte a te !*

Il chantait horriblement faux.

– *Volare, oh oh! Cantare, oh oh oh!*

– Pas de doute : nous sommes en enfer ! hurla Reghi en enfouissant sa tête sous un épais coussin.

Pendant toute la traversée, les passagers essayaient tant bien que mal de se boucher les oreilles pour échapper à ce calvaire. Nous regardions tous avec empressement la côte qui se rapprochait de nous beaucoup trop lentement.

– *La belle de Cadix a des yeux dé velours ! La belle de Cadix nous invite à l'amour, Chi-ca ! Chi-ca ! Chic ! Ay ! Ay ! Ay !* AYYYYY ? Ma ké passa ?

Le bateau, qui venait de heurter un récif, s'arrêta dans un crissement insupportable.

L'eau entra alors par la coque brisée, en un jet fulgurant.

– AYAYAY ! hurla le capitaine. Les chaloupes à la mer !

– Euh, capitaine, intervint un homme d'équipage, nous n'avons pas de chaloupes…

– Pas dé chaloupes ? Ma ké… Alors, tout le monde à l'eau ! Les femmes et les enfants d'abord ! Commé ça, après, les réquins ils n'ont plou faim ! Ha ha !

Reghi, offusqué, darda sur Teobaldo de grands yeux horrifiés.

Sous son regard, le capitaine se reprit.

– Ma pétite bounhomme, ne t'inquiète pas ! Yé dis ça pour rire ! Il n'y a pas dé requins par ici ! Enfin… Yé né crois pas…

Fort heureusement, il n'y avait que peu de fond : l'eau ne montait pas plus haut que mes cuisses.

Reghi posté sur mes épaules, je marchai sans difficulté dans l'eau saumâtre, jusqu'à notre arrivée dans un endroit vaseux.

Mes pieds s'enfoncèrent jusqu'aux chevilles, et je dus avancer lentement afin de ne pas perdre mes chaussures.

Sahlla me tenait la main et, autour de nous, les nombreux voyageurs n'en finissaient pas de maudire la maladresse du capitaine.

Nous n'étions plus qu'à quelques dizaines de mètres du bord lorsque l'un des passagers disparut, comme happé par un animal sous-marin.

– Ha ha ! s'esclaffa Reghi. On connaît la blague ! Ardabel l'a déjà faite quand on traversait la forêt des Mendiants ! Tu te souviens, Ugo ?

– Oui, répondis-je. Sauf que là, je ne pense pas que ce soit une blague…

Une grosse tache rougeâtre s'agrandissait à la surface de l'eau et provoqua un début de panique.

– Du sang ! C'est du sang ! hurla une jeune femme korrigan.

– Un serpent de mer ! cria un homme en montrant la forme qui glissait au fond de l'eau.

L'affolement fut général, et nous courûmes le plus vite que nous pûmes, sans prendre le temps de regarder derrière nous.

Lorsque Sahlla et moi arrivâmes enfin sur la plage, nous nous écroulâmes sur le dos et restâmes allongés un long moment, cherchant à reprendre notre souffle.

Je me redressai enfin, et regardai l'océan.

Je vis Reghi, qui était occupé à aider les derniers arrivants à sortir de l'eau.

Il y avait de nombreux blessés, et la mer était rouge de sang.

Dans le même élan, Sahlla et moi allâmes leur prêter main-forte.

Les habitants du petit village médiéval qui surplombait la baie avaient repéré le naufrage et accouraient pour nous offrir leur aide.

Armés de harpons, ils chassèrent le serpent qui continuait à rôder, à la recherche de nouvelles proies.

Les villageois ressemblaient à des humains, mais avec toutefois une étrange particularité : la proéminence de leurs canines.

– Ce sont des vampires, m'expliqua Reghi en chuchotant.

– Des vampires ? m'exclamai-je. Eh bien, en tout cas, ils sont serviables !

– Ne te méprends pas, corrigea Sahlla. Ils ne sont pas là pour nous aider, mais pour garnir leur garde-manger… D'ailleurs regarde : ils commencent déjà à regrouper les survivants.

Effectivement, armés de fouets et de pics, les villageois nous rassemblèrent sans ménagement.

– Emmenez-les dans la réserve, ordonna l'un de nos geôliers.

L'un des plus grands s'approcha de notre trio.

– Ceux-ci sont différents, dit-il en nous désignant.

La créature approcha son visage du mien et me regarda droit dans les yeux.

Il se tourna vers deux autres vampires.

– Conduisez ces trois-là chez Drago. J'ai lu dans l'âme de ce garçon, et j'ai vu qu'ils étaient attendus chez le Maître. Prenez un groupe armé avec vous.

Encadrés par nos gardes du corps, nous nous dirigeâmes vers le village.

Les maisons, à colombages, étaient magnifiques : hourdages de briques et de torchis, encorbellements magnifiés par des bois courts, et fenêtres regroupées pour donner plus de clarté.

– C'est joli, ce torchis rouge, remarqua Reghi. Je n'en avais jamais vu de cette couleur-là.

– C'est teinté avec du sang, expliqua laconiquement l'un des vampires.

Reghi ne fit aucun commentaire, mais son expression de dégoût valait tous les discours.

Nos pas résonnaient sur les pavés : j'avais l'impression d'avoir remonté plusieurs siècles, pour atterrir au temps des mousquetaires.

La nouvelle de notre présence se répandit comme une traînée de poudre, et une foule considérable nous escorta bientôt.

Mal à l'aise sous les regards gourmands des villageois, nous regardions devant nous, terrorisés à l'idée que nos gardiens ne puissent pas contenir la foule de plus en plus agressive.

Plusieurs fois, les soldats durent repousser les plus téméraires qui, agacés, commencèrent à nous lancer toutes sortes de projectiles.

Un morceau de bois m'atteignit au front, et je sentis couler le sang le long de ma tempe.

Excitée par son odeur, la foule se fit encore plus menaçante, et nous ne dûmes notre salut qu'au fait d'atteindre une boutique, sur l'enseigne de laquelle était inscrit : « Drago, bouquiniste ».

Les gardes nous firent entrer et se répartirent le long de la vitrine, afin d'empêcher toute intrusion.

En avançant au milieu des rayonnages surchargés et des piles de livres entassés dans la librairie, nous découvrions avec émerveillement cette caverne d'Ali Baba.

Les grimoires, les livres de magie noire, de métaphysique et de croyances démoniaques côtoyaient les ouvrages mythologiques et les contes fantastiques.

Au fond de la pièce, un escalier en bois descendait d'une mezzanine ornée d'un immense vitrail coloré.

Nous entendîmes une porte s'ouvrir à l'étage, et un homme très grand, habillé d'un costume noir au col relevé, fit son apparition.

Il descendit les marches, droit comme un « i », les yeux fixés sur nous.

– Soyez les bienvenus dans ma demeure, dit-il. Je suis Drago, et j'attendais votre arrivée.

Il s'approcha de moi et me détailla.

– Ainsi, voici le fameux Maître des clés, poursuivit-il en posant ses mains sur mes épaules. C'est étrange. Je t'aurais cru plus grand, plus vieux, plus costaud. Comme quoi, les apparences sont souvent trompeuses. Ankou m'a prévenu de votre passage, et je vais donc vous aider à rejoindre le château d'Athéa. Elle vous sera d'une grande utilité pour la suite de votre quête.

– Pourquoi nous aidez-vous ? demanda Sahlla.

– J'ai une dette envers Ankou, répondit-il. Une vieille histoire. Aussi vais-je tenir ma promesse.

Une trappe s'ouvrit dans le sol, découvrant un escalier.

Dans la petite salle qui se trouvait sous la librairie, nous nous retrouvâmes autour d'une épaisse table en bois.

Trois calices ornés de pierres précieuses étaient alignés près de bougies trapues.

Drago ouvrit un tiroir et en sortit une dague.

Il appuya la pointe du couteau dans la paume de sa main et fit glisser la lame, avant de refermer son poing.

Le sang perla entre ses doigts. Il en fit couler quelques gouttes dans chacun des récipients.

– Buvez, dit-il.

– Quoi ? grimaça Reghi. Berk ! Moi, je ne bois pas ça.

– Buvez ! ordonna Drago, faisant sursauter le lutin qui avala tout d'un trait.

Une fois que nous eûmes vidé nos coupes sacrées, le vampire récita une incantation.

Nous nous transformâmes sur-le-champ en chauves-souris.

– En sortant d'ici, vous pénétrerez dans les marécages maudits, expliqua Drago. Ainsi métamorphosés, vous passerez inaperçus et n'éveillerez pas la curiosité des gardiens. Progressez en suivant les panneaux indiquant *Gerbera cannibalis*. Vous déboucherez dans une prairie de fleurs multicolores. Il vous faudra traverser ce champ de plantes carnivores, avant d'arriver sur le domaine d'Athéa. Rares sont ceux qui y sont parvenus. Ne tardez pas. L'enchantement qui fait de vous des chauves-souris ne dure que peu de temps. Lorsque la magie cessera, vous commencerez par voir trouble, puis vous perdrez de la hauteur, avant de tomber au sol en reprenant votre forme initiale.

Le vampire ouvrit le soupirail.

– Que les esprits soient avec vous.

Sur ces mots, nous nous engouffrâmes dans l'ouverture, pour déboucher dans le marécage brumeux.

Un épais brouillard serpentait à la surface de l'eau. De rares branchages secs en émergeaient, tels les bras de naufragés ayant péri au fond de la vase.

Hiboux, chauves-souris et vampires se croisaient dans tous les sens, effectuant des slaloms déjantés.

– Hey, vous ! hurla une chouette. Vous faites quoi sur cet axe ? Les chauves-souris, c'est deux mètres au-dessus ! Dégagez !

– Toi, dégage ! rétorqua Reghi tandis que nous obtempérions, Sahlla et moi.

– C'est ça, moustique ! gronda la chouette, en faisant une aile d'honneur.

Alors que nous la regardions s'éloigner, nous fûmes percutés par deux autres chauves-souris qui fonçaient à vive allure.

– Et alors ? s'énerva l'une d'elles, la bave aux lèvres. Ça va pas de faire du surplace comme ça ?

– Ce sont des chauves-souris enragées, constata Sahlla. Mieux vaut ne pas répondre.

Les deux chiroptères nous montrèrent leurs dents acérées, avant de poursuivre leur course folle, percutant d'autres volatiles sur leur passage.

Un étrange oiseau, très fin, nous doubla comme un bolide. Équipé d'un casque, il fendait l'air à très vive allure.

– Une garipette de course, dit Reghi. J'ai déjà assisté à des compétitions. Elles atteignent parfois des vitesses complètement dingues. Il y en a qui disent qu'elles sont dopées…

Au beau milieu d'un groupe de nos congénères, nous poursuivîmes sereinement notre route.

Soudain, une sorte d'élastique passa devant nous et vint toucher l'une des chauves-souris qui ouvraient la route, avant de repartir dans l'autre sens, avec sa proie.

Un deuxième ruban captura une autre victime.

Nous regardâmes sur le côté et vîmes, accrochées à une branche, deux bestioles occupées à chasser.

– Des… C'est des… gars Léon, balbutia Reghi.

– Tu ne veux pas plutôt dire des caméléons ? corrigeai-je.

– Oui, c'est ça ! confirma le lutin. Je l'avais sur le bout de la langue.

– Attention, avertit Sahlla, tandis qu'un filament rosâtre surgissait de nouveau avant de repartir aussi vite qu'il était venu.

– Volons plus bas ! s'écria Reghi.

Nous perdîmes aussitôt de l'altitude, afin d'éviter les nombreuses langues qui, tels des faisceaux laser, nous barraient désormais le chemin.

– Encore vous ? tempêta la chouette que nous avions déjà croisée. Je vous ai déjà dit que cet axe est réservé aux…

– Schhhlurrpppp ! fit la grosse langue baveuse qui fit disparaître le volatile.

– Berk ! C'était quoi, ça ? s'écria Reghi.

– Un crapaud géant ! répondit Sahlla, en montrant du bout de son aile un énorme batracien qui trônait sur un nénuphar. Certainement un ancien prince…

– Charmant… déplora Reghi.

– Bon sang, dis-je, je commence à voir tout flou.

– Moi aussi ! gémit la jeune guerrière.

– Ahhhhhh ! Je perds de l'altitude ! hurla Reghi.

Nous essayâmes de flotter dans les airs le plus longtemps possible, mais nous finîmes par nous écraser au sol.

– Eh bé alors ! lança une voix. Vous ne pouvez pas faire attention ?

Ne voyant personne, nous regardâmes tout autour de nous, à la recherche de notre interlocuteur.

Nous étions tombés sur un gros amas de mousse, où poussaient pêle-mêle de petits champignons, des fleurs blanches et de la verdure.

Deux gros yeux apparurent soudain au milieu des herbes.

Le sol bougea, et nous prîmes brusquement de la hauteur.

Ayant retrouvé notre forme humaine, nous nous accrochâmes du mieux que nous pûmes à la masse herbeuse qui se redressait tel un volcan sortant de terre.

Déséquilibrés, nous finîmes par glisser, pour tomber quelques mètres plus bas.

Face à nous, un étrange personnage nous regardait avec étonnement. Entièrement rond, le végétal ressemblait pourtant à un animal.

Il avait une grande bouche garnie de dents et d'une langue, de courts bras lui permettant très certainement d'immobiliser ses proies, et de deux jambes au bout desquelles s'étiraient de longs pieds à deux orteils.

– Berk ! murmura-t-il en nous regardant avec dégoût. Quels affreux personnages. D'où venez-vous ? Je n'ai encore jamais vu d'êtres aussi repoussants…

– Dis donc, râla Reghi. Mocheté toi-même !

– Que faites-vous par ici ? Malgré vos carapaces dorées, vous m'avez l'air bien fragiles pour vous aventurer en ces lieux. Seriez-vous une sorte de tortue qui se déplace debout ?

– Hey ! hurla un autre personnage qui ressemblait en tous points à notre interlocuteur. À qui parles-tu ?

– À des tortues ! Ça ne se voit pas ? Mais pas n'importe quelles tortues ! Des tortues qui marchent debout !

– Oooohhhh ! s'exclama la deuxième créature en nous découvrant. Venez voir les gars ! Des tortues dégénérées, qui marchent debout.

– Dégénéré toi-même ! tempêta Reghi. Ça suffit, à la fin !

– Dégénérées et susceptibles ! corrigea l'une des nombreuses créatures qui nous entouraient à présent.

Le premier être que nous avions découvert se gratta la tête. Plusieurs champignons se détachèrent et tombèrent à nos pieds.

– Comment vous appelez-vous ? demanda-t-il. Moi, c'est Beyo.

Je m'avançai pour nous présenter et expliquer la raison de notre venue.

– Comment ? s'étonna Beyo. Vous allez chez la sorcière Athéa ? Mais vous êtes complètement fous !

– Sans parler du fait que vous n'avez aucune chance de parvenir à traverser le champ des Matota ! Nous n'avons encore jamais vu quelqu'un réussir ce challenge, dit un autre personnage.

– Remarque, ajouta un autre, ça peut être un spectacle amusant. Vous vous souvenez la dernière fois ? Cette sorte de chevalier qui ne connaissait même pas le quart de la moitié d'une berceuse ! Ha ha ! On s'était éclatés !

– Oui, sourit un autre. Ce fut un formidable feu d'artifice : des bouts de chair et d'os qui virevoltaient dans les cieux. C'était de toute bôôôté !

Chapitre 6

Les Matota

Malgré les quolibets, nous nous approchâmes des Matota.

À voir leurs couleurs magnifiques, nous avions du mal à croire qu'elles étaient réellement dangereuses.

Elles semblaient d'ailleurs tout à fait identiques aux fleurs que je connaissais dans le monde réel : pas d'yeux, ni de bouche. Aucun membre. Bref, rien qui laissât supposer qu'elles puissent être si cruelles.

– Méfions-nous, dit Sahlla. Les avertissements répétés que nous avons entendus ne sont pas à prendre à la légère.

– Tu as raison, acquiesçai-je. Répétons nos berceuses ! Que comptes-tu choisir, Sahlla ?

– *Meunier, tu dors,* répondit-elle. Vous connaissez ?

– Bien sûr, dis-je. Moi, je vais chanter *Colas mon p'tit frère.* Je vais d'ailleurs avancer en premier. Sahlla, tu me suivras, et Reghi fermera la marche. Reghi, tu vas opter pour quelle chanson ?

– Je n'en sais rien, marmonna mon compagnon. Je n'en connais aucune !

– Allons, tentai-je de le rassurer. Je ne sais pas, moi, euh... Tu ne connais pas *Frère Jacques* ? Non ? Euh... *Il était un petit navire* ? Non, Reghi, ça n'a rien à voir avec le pirate Quat'zyeux... *Au clair de la lune* ? Ça, tu dois connaître, non ?

– Eh bien, réfléchit Reghi, je ne suis pas très sûr...

– Tu sais, ça fait : *Au clair de la lune-eu...* chantonnai-je.

– Ah oui, je connais ! Trop bien ! *Au clair de la lune-eu...*

– Génial, soufflai-je. Bon, il est temps que j'y aille.

Je m'avançai au bord du champ et commençai à chanter.

– *Fais dodo, Colas mon p'tit frère,*
Fais dodo, t'auras du lolo.
Maman est en haut,
Qui fait du gâteau,
Papa est en bas,
Qui fait du chocolat...

Ayant fait quelques pas tout en restant attentif à ce qui se passait autour de moi, je poursuivis ma récitation.

– *Ta sœur est en haut,*

Qui fait des chapeaux,
Ton frère est en bas,
Qui fait des nougats...

Slalomant entre les fleurs, j'essayais de rester concentré.

– *Ton cousin Gaston,*
Fait des gros bonbons,
Ta cousine Charlotte,
Fait de la compote...

Je découvris soudain des ossements, éparpillés çà et là, et je m'arrêtai, tétanisé. Déglutissant avec difficulté, je parvins toutefois à poursuivre ma comptine et à reprendre mon chemin.

– *Fais dodo, Colas mon p'tit frère,*
Fais dodo, t'auras du lolo.
Fais dodo, Colas mon p'tit frère,
Fais dodo, t'auras du lolo.

Je poussai un grand soupir de soulagement en sortant du champ.

Sahlla s'avança à son tour. Elle effectua la traversée en courant aussi vite que possible.

– *Meunier, tu dors,*
Ton moulin, ton moulin
Va trop vite,
Meunier, tu dors,
Ton moulin, ton moulin

Va trop fort.
Ton moulin, ton moulin
Va trop vite,
Ton moulin, ton moulin
Va trop fort.
Meunier, tu dors,
Et le vent souffle, souffle,
Meunier tu dors,
Et le vent souffle fort.

La jeune femme bondit hors du champ et se jeta dans mes bras.

Je la serrai contre moi, soulagé qu'elle soit parvenue à le traverser sans dommages.

Sa chevelure sentait extrêmement bon, et je restai quelques instants à graver au plus profond de ma mémoire ce qui est à ce jour l'un de mes plus beaux souvenirs.

– Reghi, c'est à toi, articula soudain Sahlla en se retournant vers lui.

– Euh, tu es sûre ? demanda-t-il en regardant derrière lui, comme s'il pouvait y avoir quelqu'un d'autre à faire passer avant lui.

Puis il avala sa salive et s'avança.

– Hum hum… *Au clair de la lune-eu,*
J'ai pété dans l'eau,
Ça faisait des bulles-eu, c'était rigolo…

– Reghi ! criai-je. Mais, c'est quoi ces paroles ?

Concentré, le lutin poursuivait sa version corrigée de la comptine.

– *Ma grand-mère arrive,*
Avec un couteau.
Elle me coupe les fesses,
En dix mille morceaux !
Au clair de la lune-eu...

– Reghi, attention ! Les fleurs se réveillent, avertit Sahlla, tandis que des yeux apparaissaient sur les corolles.

– Houlà ! paniqua Reghi. Euh, j'en ai une autre :
J'fais pipi sur l'gazon,
Pour embêter les coccinelles.
J'fais pipi sur l'gazon,
Pour embêter les papillons !

Une bouche apparut sur les fleurs. Leurs bras poussaient à vue d'œil.

– Euh, s'énerva Reghi : *Haut les mains, peau de lapin, la maîtresse en maillot de bain !*

– Reghi ! m'écriai-je. Tu racontes n'importe quoi ! Il faut que tu reprennes la comptine que tu avais choisie au départ ! Tu n'as pas le droit de changer ! Répète après moi : *Au clair de la lune-eu, mon ami Pierrot...*

– *Au clair de la lune-eu, mon ami Pierrot.* Rhhaaaa... Krrrrr...

– Qu'est-ce qui t'arrive, encore ? s'inquiéta Sahlla.

– J'ai avalé un moucheron, répondit Reghi en toussant.

– Non, mais c'est pas possible, soupira Sahlla.

– *Prête-moi ta plume,* repris-je, *pour écrire un mot...*

– *Prête moi ta plumeuh...* Mouahhhh (Reghi bâilla) *pour...* Mmouahhhh... *écrire un mot...*

– *Ma chandelle est morte, je n'ai plus de feu...*

– *Ma... delle...* Rrrrrrrr... *morteuh...* Rrrrrrr... *de feu...*

– Reghi ! *Ouvre-moi ta porte, pour l'amour de Dieu.*

– Reghi... Rrrrrr... *ta porteuh...* Rrrrrr...

– Mais qu'est-ce qu'il fait ? trépignait Sahlla.

– Il dort ! soupirai-je. Je le crois pas ! Il dort ! HÉ, REGHI ! OOOHH !

Profondément endormi, le lutin avançait machinalement, tandis que les *Gerbera* commençaient à montrer leurs dents acérées.

– *Matota ! Matota ! Matota !* entonnèrent-elles en chœur.

– Mon Dieu ! m'écriai-je. Elles se sont transformées en Matota... Elles vont le dévorer tout cru !

– *Au clair de la lune-eu,* reprit Reghi, toujours endormi. *Pierrot répondit :*

Je n'ai pas de plume,
Je suis dans mon lit.

Va chez la voisine,
Je crois qu'elle y est,
Car dans sa cuisine,
On bat le briquet.

Reghi connaissait la chanson par cœur ! Son subconscient, tandis qu'il dormait à poings fermés, laissait resurgir les souvenirs enfouis.

– *Au clair de la lune-eu,*
L'aimable Lubin,
Frappe chez la brune-eu,
Elle répond soudain :
« Qui frapp' de la sorte ? »
Il dit à son tour :
« Ouvrez votre porte
Pour le dieu d'amour ! »

Mon compagnon, toujours bercé par sa propre comptine, n'était plus qu'à quelques enjambées de nous, et les fleurs maléfiques se rendormaient paisiblement en suçant leur pouce.

– *Au clair de la lune-eu,*
On n'y voit qu'un peu.
On chercha la plume-eu,
On chercha le feu.
En cherchant d'la sorte,
Je n'sais c'qu'on trouva ;
Mais je sais qu'la porte,

Sur eux se ferma...

Reghi, arriva près de nous.

Je m'agenouillai devant lui et lui pris délicatement les mains.

Mon compagnon ouvrit alors les yeux.

– Bon, je veux bien traverser le premier, annonça-t-il.

Il ne se souvenait plus de rien. Je le serrai contre moi.

– Tu n'en manques pas une, toi, murmurai-je.

Nous étions tous les trois au bord d'un petit cours d'eau que traversait un pont de bois arrondi.

Au loin, nous pouvions distinguer le château d'Athéa, comme nous le confirma Reghi en consultant la carte.

Nous empruntâmes le pont, puis nous commençâmes à gravir une petite montagne.

Le sentier s'élevait tranquillement à travers les alpages, et rien à l'horizon ne semblait devoir troubler notre tranquillité.

Pourtant, alors que nous venions de contourner une paroi de granit, nous fûmes confrontés à l'obstacle dont nous avait parlé Gaédig.

Un chevalier noir, en armure des pieds à la tête, nous barrait le passage.

La visière transparente de son casque laissait voir son visage menaçant.

– Je crois qu'il essaie de nous dire quelque chose, remarqua Reghi. Hé, l'ami ! Il faut que tu relèves ton rabat si tu veux qu'on t'entende !

Joignant le geste à la parole, mon compagnon montrait au chevalier le mouvement à effectuer.

« GNNNNNIIIIII » fit la visière lorsque le soldat la releva.

– Que faites-vous… BLAM ! (La visière se referma.) GNNNNNIIIIIII… Que faites-vous ici ? BLAM !

– Nous venons rencontrer la sorcière Athéa, répondis-je.

– GNNNNNIIIIII… Ha ha ha ! Et vous croyez peut-être que je vais vous… BLAM ! GNNNNNIIIIII… Je vous préviens : si vous… BLAM !

Bien que nous ne pussions plus l'entendre, nous vîmes que le chevalier poursuivait ses invectives à notre encontre.

Une voix s'éleva alors derrière nous.

– Aldebert ! grondait une vieille femme perchée sur un rocher. Ne t'ai-je point prévenu que j'attendais ces trois jeunes gens ? Quoi ? Mais ouvre ton casque, quand tu parles !

– GNNNNNIIIIII… Mille pardons, mère, je…

– Mille pardons, mille pardons… marmonna la femme en descendant vers nous. Tu ne sais faire que ça, t'excuser.

Elle s'adressa alors à nous.

– Je me présente : je suis Athéa, et je suis très heureuse de vous recevoir en mon domaine. Ne prenez pas ombrage des réactions de mon fils. Depuis que je l'ai nommé capitaine de ma garde, il passe son temps à vouloir commander tout le monde. Comment ? Je te vois marmonner derrière ta visière, mon p'tit gars ! Oui, eh bien, ça m'est égal que tu ne sois pas content ! Surveille les environs ; j'accompagne mes invités à leurs quartiers.

Le château fort dans lequel nous entrâmes était ancré sur un éperon rocheux difficile d'accès.

La passerelle, qui menait au pont-levis, était encadrée par des courtines aux étroites meurtrières, et abritée par des barbacanes, de puissants arcs de pierre dont la tête de pont était le premier rempart.

De nombreuses tours élancées ornaient l'édifice, et le magnifique donjon, qui trônait telle la fière proue d'un navire, protégeait la cour et la demeure d'Athéa.

Accueillis par un majordome bossu et borgne, nous fûmes dirigés vers une des tours d'angle, où l'on nous invita à prendre nos quartiers.

– J'étais sûr que le serviteur serait biscornu et aurait un œil en moins, murmura Reghi. Il ne pouvait en être autrement dans un endroit pareil !

– Tu as raison, dit Sahlla en riant. Sans oublier ses dents pourries ! Vous avez vu ça ?

Un petit quart d'heure plus tard, quelqu'un frappa à la porte.

– C'est Unchbak, le majordome, dit une voix. Ma maîtresse vous demande de bien vouloir la rejoindre dans la salle à manger.

– Nous arrivons tout de suite, dis-je en ouvrant brusquement.

Surpris, le bossu, qui regardait par le trou de la serrure, se redressa d'un bond. Un coussin tomba à ses pieds.

– Tabernak ! s'exclama-t-il en ramassant l'objet, qu'il essaya de replacer dans son dos.

Face à la difficulté, il releva son cache-œil afin de mieux voir ce qu'il faisait.

– Mais tu n'es ni bossu ni borgne, toi ! sursauta Reghi.

– Euh, oui, enfin… C'est-à-dire que…

– C'est-à-dire que quoi ? gronda Reghi, les poings sur les hanches.

– Oh, c'est simple, expliqua-t-il. J'ai dû me déguiser car il y a un mandat d'arrêt de première catégorie contre moi.

– Ah bon ? réagit Sahlla. Mais vous êtes recherché par qui ?

– Par Anka, répondit le majordome. Elle m'avait fait enlever afin que je devienne son époux. J'ai heureusement réussi à m'enfuir et, grâce à mon déguisement, je me suis fait engager ici. Ceci étant dit, il faut vraiment y aller, car la patience n'est pas la qualité première de ma maîtresse ! D'ailleurs, ne lui dites pas un mot de tout cela ! Sinon (il fit, avec son pouce, un geste horizontal sur son cou) : couic !

Unchbak nous ouvrit la route, et nous le suivîmes dans le dédale de couloirs.

L'immense pièce dans laquelle nous pénétrâmes, s'appelait la salle des Souvenirs.

Ses murs étaient entièrement recouverts de miroirs, tandis qu'au plafond, une fresque colorée représentait la carte des Mondes imaginaires. Tout y était détaillé : les contrées de l'imaginaire, la zone de non-droit, le Pays des Songes.

Nous reconnûmes la cabane de l'ogre Strok, le marais de Raôl, la forêt des Morwacks, le glacier d'Ophidie, et même l'océan des Peurs. Rien ne manquait : de la

Terre des Lutins aux Terres des Esprits en passant par les Terres d'Anka, tout était soigneusement répertorié.

Au fur et à mesure que nous découvrions des pans de la carte, les miroirs de la pièce s'animaient, rejouant les scènes que nous avions vécues. Comme sur un immense écran panoramique.

Nous nous revîmes, poursuivis par les Eniens, et nous fûmes à nouveau bouleversés en assistant à la disparition d'Empereur, le papillon qui nous avait sauvés de l'océan.

– Les Terres des Esprits sont vraiment proches du château du Roy Ignus, au Pays des Songes, murmurai-je. Dire que nous étions juste à côté…

– Oui, confirma Sahlla. Et les âmes méritantes s'y rendent à partir de cet endroit, dessiné à quelques encablures de la forêt des Hommes-Arbres. Il y a un passage magique qui les envoie directement là-bas.

Soudain, les images disparurent, comme par enchantement, et les glaces ne renvoyèrent plus que nos reflets.

Sous nos pieds, le sol transparent laissait entrevoir une eau saumâtre stagnant sous le château.

Intrigué, Reghi descendit de sa chaise et se mit à genoux, les mains contre le sol.

Il approcha son visage de la paroi, et un être répugnant apparut devant son nez.

– Eh ! Mais c'est quoi, ça ? hurla Reghi, en reculant d'un bond.

– Une âme maudite, répondit laconiquement Athéa. Condamnée à demeurer prisonnière là-dessous.

– Mais c'est affreux ! dis-je.

– C'est la loi, rétorqua la sorcière en haussant les épaules. Ces êtres paient leurs méfaits.

Des serviteurs, vêtus d'uniformes aux couleurs du blason du château (vert et rouge), apportèrent les premiers plats.

Le chef de rang fit un signe discret, et les serveurs retirèrent de concert les cloches argentées qui recouvraient nos assiettes.

Nous découvrîmes alors des petits poussins en gelée, agrémentés de baies de cassis et de groseilles.

Reghi approcha la pointe de son couteau de la gélatine translucide et appuya doucement dessus.

– Berk ! s'écria-t-il en laissant tomber ses couverts sur la table. Il est vivant !

– Bien sûr qu'il est vivant ! grinça la sorcière en croquant la tête du sien. C'est bien meilleur !

Sahlla retint un hoquet de dégoût, et tandis que je repoussai mon assiette, un second bossu entra dans la pièce.

– Ma bonne maîtresse, dit-il, pardon de vous déranger, mais nous ne parvenons pas à retirer l'armure de votre fils. Vous serait-il possible de…

– Et voilà ! grogna Athéa, en jetant sa serviette sur la table. On ne peut pas le laisser seul deux minutes… Ça ne peut pas attendre ?

– C'est-à-dire que… (Il chuchota à l'oreille de la sorcière.)

– OK, je vois… Mes amis, excusez-moi, mais je dois vous abandonner quelques instants.

– Mais qu'est-ce que c'est que ce repas ? chuchota Sahlla tandis que la sorcière quittait la pièce.

Reghi, qui tapotait le contenu de son assiette du bout de sa fourchette, fit tomber le cube de gelée sur le sol.

Plusieurs mains décharnées aux ongles pourris vinrent frapper la surface vitrée, essayant d'agripper, dans un réflexe désespéré, la nourriture qui se rapprochait.

Reghi se leva de table afin de nettoyer sa maladresse.

C'est alors qu'un visage putréfié s'approcha de la vitre. Une large cicatrice courait de son sourcil gauche à son menton, et deux gros anneaux pendaient à ses oreilles.

Tout d'abord effrayé, le lutin, se sentant finalement en sécurité derrière la paroi vitrée, commença à fanfaronner.

– Mmmmmm, c'est bon ça ! dit-il en montrant le volatile, avant de se frotter le ventre de gourmandise. Mmmmmmm... Miam miam !

La créature, consciente que le lutin se moquait d'elle, le regarda fixement quelques secondes en serrant rageusement les mâchoires, avant de se retirer dans les profondeurs.

Chapitre 7

Helmut et le prégo

Lorsque la sorcière réapparut, nous venions de terminer notre dessert.

– Excusez mon retard, dit-elle, mais Aldebert s'est encore battu avec le sorcier du Lac à l'eau claire, et celui-ci lui a de nouveau jeté un sort : son armure se resserrait de plus en plus sur lui, et j'ai bien cru que je ne parviendrais jamais à l'en extirper. Pour un peu, il serait mort écrabouillé...

Athéa but une gorgée d'un mélange étrange qui bouillonnait dans un calice.

– C'est ça qui sent la fiente de troll dysentérique, chuchota Reghi. Berk !

– Brrroooaarrrr ! éructa bruyamment la sorcière. Tenez-vous les mains afin que nous formions une chaîne. Nous allons invoquer les esprits.

– Pffffff, moi, ça me fait toujours rire, chuchota Reghi. Ça ne marche jamais !

Athéa ferma les yeux quelques instants avant de prendre la parole.

– Esprit…

– Crrrrppppffrrrr… se retint de rire le lutin.

– Esprit des Ténèbres, poursuivit Athéa. Es-tu là ?

– Oui, dit une petite voix.

– Bien ! s'énerva la sorcière en fixant Reghi. Je crois que cela ne va pas être possible. Un élément perturbateur m'empêche de poursuivre ! J'exige que le gnome sorte de notre cercle et se tienne à l'écart ! Bien… Alors, reprenons. Esprit es-tu là ? (Elle ouvrit un œil, afin de surveiller Reghi.) Si tu m'entends, tape une fois.

– BAM ! entendîmes-nous, tandis que tous les regards se tournaient vers le lutin.

– C'est… c'est pas moi ! se défendit-il. Je vous jure !

– Esprit, poursuivit Athéa. Peux-tu te connecter sur les miroirs ?

– BAM !

– Eh ! C'est quoi, ça ? dit Reghi en se précipitant contre mes jambes.

– Esprit, nos amis ici présents doivent aller libérer leurs camarades des griffes de Taor. Peux-tu les guider ?

– Oui, résonna une voix de baryton, qui nous fit sursauter.

Sur les glaces venait d'apparaître Ankou, drapé de son long vêtement noir.

– Vos amis sont dans le désert blanc, poursuivit-il. Anka les a confiés à Taor, un cerbère à sa solde, afin qu'il les surveille pendant la durée du pacte sacré scellé entre elle et Hugues. Votre guide sera Helmut. Il connaît parfaitement les lieux, et il vous mènera donc au refuge du gardien pour libérer vos amis. Il vous attendra dans la caverne aux cristaux, que vous rejoindrez en suivant un lézard de la race des prégos. Tous ensemble, vous serez plus forts pour combattre Anka.

Sur ces mots, l'image disparut en un éclair.

Athéa se dirigea vers une immense cheminée. Elle nous invita à la rejoindre.

– Voici vos sacs, que j'ai fait récupérer dans votre chambre, dit-elle.

– Un passage secret, murmura Reghi en montrant l'âtre noirci par la fumée. Classique…

« Frouich, frouich », faisait la bottine de Reghi à chacun de ses pas.

– Corniquedouille, murmura-t-il en retirant le poussin en gelée qui était coincé dessous.

Le lutin, qui avait peur de vexer Athéa si elle découvrait qu'il avait jeté sa nourriture, glissa alors le volatile dans son sac.

Nous nous regroupâmes devant le foyer, et Athéa posa sa main sur une empreinte de doigts incrustée dans le linteau de granit.

Le sourire aux lèvres, Reghi leva la jambe pour avancer. C'est alors que le sol se déroba sous nos pieds, nous entraînant dans une chute vertigineuse.

Pris dans un tube de verre, notre ascenseur fou traversa une zone d'eau verdâtre, au milieu de laquelle erraient des morts-vivants, puis nous passâmes dans de la lave en fusion, avant d'achever notre parcours, en douceur, au beau milieu d'une grotte couverte de lichens.

Une porte vitrée s'ouvrit.

– Je ne me sens pas très bien, balbutia Reghi, avant d'aller vomir derrière un rocher.

– Moi non plus ! dis-je, en faisant de même.

– Ça fait toujours ça, les premières fois ! sourit Athéa.

Près de nous, une ouverture laissait entrer une lumière très intense.

– Prenez ces protections, nous conseilla notre hôte en nous montrant des cristaux de quartz fumés.

– Ça sert à quoi ? demandai-je.

– Malaxez-les comme s'il s'agissait de pâte à modeler. Bien ! À présent, mettez-les comme ça, devant vous.

Elle appliqua la gomme noirâtre sur son visage et celle-ci épousa aussitôt le contour de ses yeux. Nous fîmes de même avant de la suivre à l'extérieur de la grotte.

La lumière, extrêmement vive, n'était effectivement supportable qu'une fois équipés de ces lunettes étranges. Nous plissâmes d'ailleurs les yeux pendant quelques instants, le temps de nous habituer à ce nouvel environnement hostile.

La chaleur était suffocante. Face à nous, un désert immaculé s'étirait à perte de vue.

– Ce n'est pas de la neige, expliqua Athéa, mais de la fine poussière de gypse.

– C'est ce qui sert à faire du plâtre, murmurai-je à mes amis.

– Du quoi ? demanda Reghi.

La sorcière se dirigea vers une sorte de clapier, gardé par deux impressionnants soldats en armure, et nous entendîmes un vacarme infernal.

– Ils sont pressés de sortir ! expliqua-t-elle. De vrais petits excités !

Elle tapa violemment du plat de la main sur les grillages puis, une fois le calme revenu, elle ouvrit une des cages.

– Voici un prégo, expliqua-t-elle. Il s'appelle Sorène, et il va vous amener jusqu'à Helmut, votre guide. Attention toutefois à ne pas perdre sa trace ! Il est très rapide… et peu patient !

– Personnellement, je fais les championnats de vitesse, dans mon village ! intervint Reghi.

– Voici de l'eau concentrée, expliqua la sorcière, en nous tendant des tubes remplis de petites billes bleutées. N'oubliez pas d'en avaler régulièrement. Mais, pas plus d'une à la fois si vous ne voulez pas gonfler comme une outre ! Sans cette eau concentrée, avec la chaleur qu'il fait et l'effort que vous allez produire, vous seriez asséchés en moins de deux. D'ailleurs, vous le comprendrez aisément lorsque vous croiserez les corps desséchés des inconscients ayant bravé ces contrées hostiles.

La vieille femme posa le prégo sur la piste. Celui-ci se dérouilla les pattes en faisant quelques petits exercices d'échauffement, sautillant sur place et montant rapidement ses genoux.

Une fois prêt, il se tourna vers nous.

– Prêt ? Go ! cria-t-il de sa petite voix avant de s'élancer comme une flèche.

Nous courûmes pendant quelques centaines de mètres, avant de nous arrêter, complètement essoufflés.

Tandis que nous récupérions, les mains sur les hanches, le lézard revint vers nous en marmonnant. Il stoppa le chrono de sa montre avec un geste d'agacement.

– Il faut s'hydrater si on ne veut pas finir comme lui ! dis-je en montrant un squelette encroûté de gypse et à moitié enseveli dans la poussière. Une bille d'eau chacun !

Une fois la bille dans notre estomac, nous sentîmes une réaction bizarre et nos ventres gonflèrent. L'eau reprenait sa forme initiale.

– Je n'aurais peut-être pas dû en prendre trois, s'inquiéta Reghi en massant son abdomen tendu. Blurp ! Oui… Blurp ! Je crois que j'en ai un peu trop pris…

Le lutin, en se déplaçant, faisait le bruit d'une grosse outre remplie d'eau, et un gargouillis résonnait dans son estomac.

– Prêt ? Go ! lança le lézard, qui repartit sur les chapeaux de roues.

– Purée, blurp ! se lamenta Reghi en reprenant sa course les jambes écartées et en soutenant son ventre telle une femme enceinte.

Nous dûmes nous arrêter de nombreuses fois, notamment pour que Reghi soulage sa vessie, et nous sentions bien que le lézard était à bout de patience.

À chaque fois, il appuyait rageusement sur le bouton de son chrono et, à chaque fois, il faisait les cent pas en attendant que nous soyons prêts.

Nous arrivâmes près d'une petite colline, à l'intérieur de laquelle nous nous glissâmes par un large interstice.

Un petit cours d'eau y serpentait, et Reghi se pencha pour s'y rafraîchir le visage.

– Ouach ! hurla-t-il en retirant sa main. Mais c'est super chaud !

– Les entrailles de la terre ! gronda une grosse voix, dans la pénombre.

L'être s'avança, et nous découvrîmes un ogre trapu, pas très grand, mais dont les bras immenses s'étiraient jusqu'au sol.

Il était coiffé d'un casque orné d'oreilles en cuir qui pendaient jusqu'à ses épaules, et portait une lampe frontale vissée au-dessus des sourcils.

Le prégo se précipita auprès de lui, comme le ferait un chien fidèle avec son maître.

– Prave betite bébête ! dit-il avec un accent allemand tout en lui grattouillant le cou.

Aux anges, le lézard se coucha sur le dos, attendant qu'on lui caresse le ventre.

– Ich bin Helmut, se présenta l'ogre. Che vais fous aider à libérer vos amis. Mais, cela ne sera pas eine partie de plaisir. Taor, leur kardien, ne se laissera pas faire !

Il donna un petit poisson en récompense au prégo, qui l'avala tout rond.

Helmut regarda le médaillon suspendu au cou du lézard.

– Zo-rène, lut-il. Zorène ! Ach, so ! Zorène fa vous attendre pour le retour, dit Helmut. Suifez-moi.

Nous entrâmes dans une petite grotte aménagée en laboratoire scientifique.

– Mettez ces compinaisons, dit l'ogre. Trois chacun. La rouche en premier. Elle protèche la peau contre le froid. Puis la pleue, qui contient des tupes d'eau gelée. Et enfin la ferte, qui est un premier rempart contre la chaleur extérieure. Impossible de traverser la krotte des épées sans cela.

– La crotte ! s'exclama Reghi en grimaçant de dégoût.

Sous son casque fermé, la voix du lutin résonnait comme celle d'un cosmonaute.

– On va traverser une crotte ? enchaîna-t-il. Berk !

– Ach, nein ! réagit l'ogre. Eine Krotte ! Nicht eine Krotte !

L'ogre nous expliqua que celle-ci était située sur une chambre de magma qui rendait l'environnement terriblement chaud. D'où la nécessité d'être équipés de protections adaptées.

Lorsque nous pénétrâmes dans la grotte, nous fûmes émerveillés par les immenses cristaux de gypse qui la traversaient de toutes parts, telles de fabuleuses épées entrecroisées.

– La krotte fut inondée par les eaux chautes souterraines, saturées en calcium et en soufre, expliqua Helmut. Ce qui a formé ces cristaux merfeilleux. Il a fallu plus de six cent mille ans pour qu'ils atteignent de telles dimensions ! Jusqu'à quinze mètres pour certains d'entre eux. Il fait environ quarante-cinq tegrés ici, et il y a un taux d'humidité de cent pour cent ! Ce qui touble la sensation de chaleur ! Sans les masques à kaz que je fous ai donnés, fous seriez déjà morts. L'air qui y est propulsé est réfrigéré krâce à de la klace.

– Ça ferait quoi, en fait, si nous n'avions pas ces masques ? demandai-je, intéressé par ces explications scientifiques.

– L'eau, ici, étant tonné la température, est présente à l'état kazeux, répondit Helmut. Si fous respiriez à l'air lipre, étant donné que le corps humain est d'eine température inférieure, elle se condenserait dans les poumons, un peu comme de la puée. En cros, fous seriez noyés de l'intérieur !

Nous déambulâmes entre les magnifiques cristallisations, effleurant de nos doigts les faces merveilleusement sculptées.

Les dendrites miroitaient à la lumière des lampes de nos casques, et créaient une ambiance féerique.

Nous arrivâmes dans une grande cavité, dont le plancher, traversé de stalagmites, était constitué d'une calcite orangée, très glissante.

Compartimentée en plusieurs salles par de nombreuses concrétions, elle regorgeait de piliers et de colonnes bleutés.

– C'est pourré d'aragonite par ici, expliqua l'ogre. Regardez : ça forme parfois des fleurs extraordinaires ! On appelle cela les fleurs d'Oriane.

Après avoir contourné une nappe d'eau, une bifurcation nous conduisit à une plage argileuse, que nous longeâmes sur une vingtaine de mètres avant de nous engager dans une nouvelle galerie s'enfonçant dans le massif.

Un amoncellement de draperies s'élevait en gradins vers le plafond.

Nous l'escaladâmes, en prenant garde de ne pas tomber, nos pieds glissant sur le sol humide.

Sur les parois, des encroûtements blanchâtres s'effritaient au contact de nos doigts.

– C'est ce qu'on appelle le lait de lune, dit l'ogre. Ça contient de l'aragonite, mais ç'a cristallisé en se korgeant d'eau. C'est donc très frachile. Essayez de ne pas trop compter dessus pour vous équiliprer. Nous approchons du kouffre des Tindouls. Nous allons y descendre en rappel. Une fois en pas, nous emprunterons une longue kalerie, avant de ressortir à la surface, par l'aven Addridic. Nous serons alors sur le tésert de sel, domaine de Taor.

La descente encordée se déroula sans encombre, et nous atteignîmes en moins de deux heures l'aven annoncé.

En levant la tête, nous pouvions apercevoir l'ouverture sur l'extérieur.

– Je vois le ciel ! dit Reghi. Il faut aller tout là-haut ?

– Ja, s'exclama Helmut. Mais rien de compliqué. Il suffit d'emprunter cet escalier taillé dans la roche. Soyez chuste vigilants afin de ne pas klisser dans l'abîme. Restez bien collés contre la paroi.

– Rrrrppfffff ! cracha Reghi, sensible au vertige, pour se donner du courage avant d'affronter la terrible montée.

Tandis que son crachat n'en finissait pas de s'écouler sur la paroi intérieure de sa visière (Reghi avait oublié que nous portions un casque...), le lutin s'accrocha à la lanière pendante de mon sac à dos.

Pas très rassurée non plus, Sahlla me demanda si je pouvais lui tenir la main, ce qui déclencha les rires sarcastiques du lutin.

La montée fut plus difficile que je ne l'imaginais, et nos mollets devinrent rapidement très douloureux. Au bord des crampes, nos orteils commençant à se chevaucher dans une crispation incontrôlable, nous arrivâmes enfin à l'air libre. Nous retirâmes alors nos combinaisons et les déposâmes sur un rocher.

La vaste étendue de sel qui s'offrait à nos yeux était encore plus aveuglante que le désert de gypse. Comme nous l'expliqua Helmut, elle résultait de l'assèchement d'un lac, vingt mille ans plus tôt.

Balayé par des vents chauds, l'endroit était un véritable enfer, et nous remîmes nos lunettes de protection, avant de suivre Helmut, qui s'était déjà engagé sur la piste.

L'ogre, quant à lui, n'avait pas besoin de lunettes.

Ses yeux pouvaient en effet se recouvrir d'un voile lorsque les conditions le nécessitaient.

– Protection naturelle, précisa-t-il. Particularité génétique que je tois à ma mère !

L'ogre nous expliqua que le désert de sel était une formidable réserve de lithium, métal rare indispensable à la réalisation des accumulateurs électriques, dont il avait particulièrement besoin pour ses expériences scientifiques.

– Grand-père m'avait déjà expliqué cela, dis-je. C'était un grand collectionneur de minéraux, et il me parlait souvent de ses expéditions à travers le monde. Il avait d'ailleurs rapporté de Bolivie un encroûtement de salpêtre, mélangeant du sel et du lithium.

– Polivie ? réagit l'ogre. Che ne connais pas cet endroit. Mais, ça ne doit pas être très loin d'ici.

À l'ombre d'un gros rocher, une carriole usagée attendait notre arrivée.

– C'est quoi, ces ronflements ? demanda Reghi.

– Das ist Gunther ! répondit Helmut.

L'ogre s'approcha d'un énorme canard endormi, la tête sous une aile et dressé sur une patte.

– Pourquoi est-ce qu'il dort sur une patte ? demanda Sahlla.

– Parce que s'il dormait sur aucune, il se casserait la figure ! rétorqua Reghi. Ha ha !

– En fait, expliqua Helmut, c'est parce que ça lui demande moins d'énerchie que de rester sur les deux, et donc il se repose mieux. Il pourrait se reblier et dormir au sol, certes. Mais, en cas d'attaque par un brédateur, c'est plus rapide de déplier une patte pour s'enfuir que de relever sa crosse carcasse !

Helmut se pencha vers le volatile.

– GUNTHER ! hurla-t-il. Depout !

– Aaaaahhhhhh ! s'écria le canard en sursautant. Euh… Je… je… je ne dormais pas !

– Ach, si tu dormais, che t'ai fu ! Faul vogel !

Aussitôt, Gunther alla se placer entre les deux bras de la charrette, et ceux-ci se fixèrent sur son harnais.

Nous montâmes dans la carriole, et le gros canard, bien que dodelinant, se mit à courir à une vitesse surprenante.

Nous arrivâmes à vive allure au bord d'un précipice. Gunther fit un dérapage contrôlé, dans un énorme nuage de poussière.

– Les geôles de Taor sont en pas, expliqua Helmut. Vos amis y sont retenus.

L'ogre sortit de son sac un grand pot rempli d'une mélasse peu appétissante.

– Padigeonnez-fous soigneusement avec ça, dit-il. Recouvrez tout. Y compris les chefeux. Taor est quasiment afeugle. Mais, en revanche, il a un odorat particulièrement téveloppé. Ce mélanche sent le sel macéré. Exactement la même odeur que le sol dans lequel il patauge à longueur de journée. Ainsi, il ne vous repérera pas. L'avantache de cet onguent, c'est que, justement, il n'est pas salé... Ça éfite d'avoir la peau qui kratte, et les yeux qui prûlent.

Nous nous recouvrîmes de la dégoûtante mixture.

– Ça sent les pieds, remarqua Reghi. Et toi ? Tu ne t'enduis pas ?

– Ach, nein, berk ! répondit Helmut. Moi, che reste là. Ch'attendrai votre retour !

L'ogre se mit à genoux et balaya le sol avec la main, afin de dégager une petite grille.

– Fous allez foir, c'est étonnant, dit-il. Une reconnaissance chénétique, de mon infention !

– Je connais ! triompha Reghi en crachant sur la grille. Les entrées de la mine d'Ugo fonctionnent comme ça !

– Eh ! Mais que fais-tu, kros crado ? hurla Helmut.

Attrapant le lutin, il le frotta contre le sol afin d'essuyer le crachat.

– Kros dékoûtant ! maugréa-t-il en extirpant un filament gluant d'une de ses narines, avant de le graisser contre la grille.

Rien ne se passa.

– Ach ! Saleté de machine ! grogna-t-il. Heureusement, il y a une teuxième méthode pour ouvrir.

Il donna un coup de poing sur les barreaux rouillés, et un passage s'ouvrit sur un escalier en colimaçon.

– Fous pouvez y aller ! s'exclama Helmut. Ponne chance !

Nous nous engouffrâmes les uns après les autres dans l'ouverture, et entamâmes sans attendre la descente.

Lorsque nous arrivâmes en bas, une dizaine de centimètres d'eau recouvrait le sol salé, et la mélasse produite était effectivement semblable à celle qui nous recouvrait le corps.

Taor dormait sur une longue paillasse de foin avec, à ses côtés, de petites poupées enchaînées à des pieux.

– Mais… on dirait, balbutiai-je.

– Ce sont tes amis, confirma Reghi. D'ailleurs, Lou me parle actuellement.

– Qui te parle ? demanda Sahlla. Je n'entends rien.

J'expliquai à notre amie que, aussi étrange que cela puisse paraître, Lou et Reghi communiquaient par télépathie depuis le premier jour où ils s'étaient rencontrés dans notre quartier général.

– Comment ça se fait qu'ils soient si petits ? questionnai-je.

Reghi resta quelques instants sans rien nous dire, concentré sur son échange avec Lou.

– Ils ont été yofilisés, dit Reghi. Ça veut dire quoi ?

– Yofilisés ? m'étonnai-je. Ah, lyophilisés ! C'est ça : lyophilisés ! Ça veut dire déshydratés !

– C'est ça ! s'exclama Reghi. Taor leur a retiré une grosse partie de leur eau, et les a réduits à la taille de poupées. Il paraît qu'il les appelle ses doudous… Il était temps qu'on arrive, car le géant doit recevoir de nouveaux prisonniers. Et d'après ce que me dit Lou, quand c'est comme ça, il dévore ses vieux doudous avant d'en fabriquer de nouveaux ! Lou me dit également que le géant leur a confisqué leurs sacs, et qu'ils n'ont donc rien pour se défendre.

– Allons-y, murmura Sahlla, l'épée à la main.

Nous suivîmes la guerrière et longeâmes l'immense pied du géant.

Tout en prenant garde de ne pas réveiller le monstre, nous sectionnâmes les cordages et libérâmes Nicola, Lou, Keem et Jeff.

Puis nous récupérâmes leurs sacs à dos.

– Dire qu'on avait des tenues d'invisibilité là-dedans et qu'on n'a même pas pu y accéder… Grrrrr… tempêta Lou.

– Je ne croyais pas que ça allait être aussi facile, chuchota Reghi lorsque nous fûmes près des escaliers.

– Ni moi ! sauta de joie Keem en m'enlaçant.

– Hééé ! s'écria Sahlla, surprise par l'élan d'affection de mon amie.

Elle s'enfuit alors en courant, gravissant les escaliers sans nous attendre.

CHAPITRE 8

La chapelle de Youdig

Lorsque nous arrivâmes à la surface, Helmut nous attendait avec Sahlla.

Je compris, à la brillance de ses yeux et à l'humidité de ses joues, qu'elle avait pleuré.

– Allons-y ! dit-elle en me tournant le dos.

– Attendez, dit l'ogre. Fos amis ne peuvent pas traverser le désert ainsi. Leurs yeux seraient irrémédiablement prûlés par la réverbération du soleil et par le fent salé. Mettez-les à l'apri dans les sacs !

– Doudous ! Doudous ! s'éleva une voix du fond du précipice. GRRRRRAAAOOORR-RRR ! DOUDOUS !

Le géant sautait de colère, essayant d'agripper le rebord de la falaise. Plusieurs fois, sa grosse main glissa et, à chaque fois, il retomba dans un fracas étourdissant.

Gênés par les vibrations du sol produites par les tentatives infructueuses du monstre, nous courûmes aussi vite que possible à la suite du canard Gunther, qui nous avait abandonnés lâchement.

Helmut nous prit alors, Reghi et moi, sous chaque bras, et accéléra le pas. Soudain, alors que nous étions à mi-chemin entre le précipice et l'aven Addridic, tout redevint étrangement calme.

Nous nous retournâmes, et vîmes le sommet du crâne de Taor apparaître au-dessus de la falaise.

– Il a réussi ! s'écria Helmut. Fite !

Nous profitâmes de notre avance encore quelques instants mais, alors que nous n'étions plus qu'à quelques dizaines de mètres de notre but, un pied énorme se posa devant nous.

Le géant nous dépassa, puis se retourna pour nous faire face. Helmut nous posa au sol.

– Dou… dous, murmura-t-il, essoufflé. Balouchaté ma doudous ?

Il nous regarda à tour de rôle en plissant les yeux. Assurément, il ne nous voyait pas bien.

– DOUDOUS ! hurla-t-il. MA DOUDOUS !

Agacé, Taor tapa du pied à deux doigts du pauvre Reghi, qui en lâcha son sac à dos.

– Ha ha ! Raté ! s'écria le lutin. Achète-toi des lunet...

– Zbaff ! fit la deuxième tentative du monstre.

Lorsque le géant releva son pied, nous pensions tous que nous allions découvrir le lutin aplati comme une crêpe. Il n'en fut rien.

– La protection d'Athéa fonctionne à merveille ! s'exclama mon compagnon dans un grand sourire. Pas une égratignure !

Furieux d'avoir raté son coup, Taor sauta alors sur mon compagnon. Puis, le sourire aux lèvres, il fit pivoter la pointe de sa chaussure plusieurs fois de droite à gauche, comme s'il écrasait un mégot de cigarette.

Alors, fier de lui, il retira son pied.

– Kwatcha ? sursauta-t-il en constatant que Reghi n'avait subi aucun dommage.

Il recommença à nouveau, piétinant rageusement le lutin.

– Bouhouhou... pleurnicha le géant, désabusé, en constatant que cela ne changeait rien.

La mâchoire serrée et le regard méchant, il se mit à me regarder fixement. Je lançai mon sac à Sahlla et attendis, un rien provocateur, que le géant me frappe.

Mais aucun coup ne vint. En effet, Taor décida visiblement de changer de stratégie et me saisit dans le creux de sa main. Puis il serra le poing de toutes ses forces et fit glisser ses doigts les uns contre les autres, comme s'il émiettait une biscotte.

Lorsqu'il ouvrit à nouveau sa main, je le regardais avec un grand sourire. Désemparé, le géant me lâcha puis s'assit lourdement dans la poussière de sel.

– Bouhouhouh, pleura-t-il. Doudous…

Rassurés par ce pouvoir dont nous venions de constater l'efficacité, nous repartîmes de plus belle, persuadés d'être désormais des rivaux de choix pour la sorcière.

– Anka, nous voilà ! fanfaronna Reghi.

Nous fîmes tout le chemin en sens inverse, en prenant soin de glisser nos amis lyophilisés sous nos combinaisons de protection.

Avant de sortir de la grotte où nous attendait impatiemment le prégo, les yeux rivés sur son chrono, Jeff, Keem, Nicola et Lou nous expliquèrent ce qui leur était arrivé depuis leur enlèvement par la sorcière.

– Lorsqu'on a disparu dans la tornade, dit Jeff, Anka nous a emmenés directement chez Taor.

– C'était très dur de te voir sur le pont, aux côtés de Reghi et Ardabel, alors que nous nous éloignions, prisonniers des griffes de la sorcière, murmura Lou.

Je la serrai contre moi.

– C'était très dur pour moi aussi, dis-je. Mais je savais qu'elle vous garderait en vie. Elle ne pouvait pas prendre le risque de s'opposer au pacte sacré. Comment s'est passée votre arrivée chez Taor ?

– La tornade s'est posée dans la cour du géant, expliqua Keem. Aussitôt, les gardes de la sorcière nous ont jetés dans des geôles puantes. Nous avons vu Anka et Taor qui se parlaient brièvement. Mais impossible d'entendre le moindre mot. Ils étaient trop loin de nous, et chuchotaient.

– Nous n'avons même pas eu le temps d'utiliser nos inventions ! s'exclama Nicola. Nos sacs ont été jetés loin de nous… Heureusement, ils n'ont même pas pris la peine de les fouiller ! Je pense que la sorcière n'imaginait pas que nous puissions y cacher des choses nuisibles pour elle. L'habitude d'être invulnérable, certainement.

Mes amis nous expliquèrent ensuite qu'ils avaient observé le mode de vie de Taor. Celui-ci passait son temps à chasser ou à dormir avec ses doudous.

L'endroit étant désert, c'est la sorcière qui lui faisait régulièrement livrer de nouveaux esclaves, appelés à remplacer les vieux doudous, dont Taor se lassait très vite.

Puis, vint le jour où le géant ne fut pas livré en nouveaux personnages.

Il entra dans une colère noire et, furieux, décida de faire de mes amis ses nouveaux jouets.

Ils furent introduits dans une machine qui les déshydrata, au point que leur taille fut considérablement réduite, puis enchaînés auprès de la couche du géant.

En effet, sans ses doudous, Taor ne pouvait pas fermer l'œil de la nuit.

– Prêts ? Go ? s'agaça le lézard.

– Oui, oui, OK, répondis-je. Mes amis, j'espère que vous êtes en forme pour une petite pointe de vitesse !

Sorène, le prégo, nous guida jusqu'aux sous-sols du château d'Athéa.

– Manger ! Miam ! Miam miam ! réclama le lézard, une fois sa mission accomplie.

– Il veut sa récompense, dit Reghi. Mais il n'y a personne ici… C'est bizarre !

– Oui, enchaînai-je, en montrant une hallebarde traînant dans la poussière. On dirait que les soldats ont quitté les lieux précipitamment.

– Miam miam, miam miam, miam miam ! s'énerva Sorène en bondissant sur place.

Ses yeux devinrent alors plus jaunes, et il ouvrit sa mâchoire garnie d'innombrables petites dents acérées.

En voyant nos amis lyophilisés, l'animal redoubla d'excitation.

– J'ai une idée : le poussin ! s'écria Reghi, alors que nous reculions devant le prégo de plus en plus menaçant.

Il ouvrit son sac à dos et jeta le volatile en gelée au lézard affamé. Celui-ci se jeta dessus et s'enfuit à toute vitesse.

– Ouf, souffla Nicola. C'est qu'il nous aurait dévorés, celui-là…

– C'est bien possible, dis-je. Il est vraiment temps que vous repreniez votre taille normale. Et si nous vous faisions avaler des billes d'eau concentrée ? Peut-être que cela vous réhydraterait au point d'annuler les effets du traitement de Taor ?

– C'est possible, intervint Reghi en massant son ventre encore rebondi. Mais cela ne risque-t-il pas de les déformer ?

– Effectivement, il vaut mieux être prudent, acquiesçai-je. Ne prenez qu'une petite quantité à la fois.

Alors, petit à petit, bille après bille, Jeff, Nicola, Lou et Keem reprirent leur taille initiale.

Nous nous serrâmes très fort dans les bras les uns des autres, émus de ces heureuses retrouvailles.

Seule Sahlla se tenait à l'écart et nous attendait déjà dans l'ascenseur.

– Je ne sais pas ce qu'elle a, chuchotai-je, mais elle n'est plus la même depuis que nous vous avons retrouvés.

– Je crois savoir, moi, dit Keem. Attendez quelques instants ici. Je vais lui parler.

Les deux jeunes filles discutèrent pendant de longues minutes. Puis Keem nous fit signe d'approcher.

– Il s'agissait d'un petit malentendu, expliqua-t-elle. Mais tout est réglé maintenant.

Tandis que nous prenions place dans l'étrange machine, je croisai le regard de Sahlla. Elle me sourit, et nous rougîmes tous les deux.

L'ascenseur nous propulsa vers le haut à la vitesse de la lumière. Lorsque nous approchâmes de la surface, nous fûmes surpris de ne pas traverser l'étendue d'eau dans laquelle nous avions aperçu les morts-vivants.

L'ascenseur s'ouvrit enfin, et nous nous précipitâmes dans le château. Il était en flammes, et Athéa gisait au sol dans les bras de son fils, le chevalier noir, qui avait retiré son casque.

– Les… soldats d'Anka… sont venus, peina-t-elle à chuchoter. Ils ont tout… détruit. Tout… pillé… Ils ont enlevé mes… serviteurs… et libéré les…

morts-vivants… Ils vous… cherchent… Hugues… ils te… cherchent… La colère d'Anka… est pire… que ce que j'imaginais… Aldebert, mon fils… tu les mèneras à… la chapelle maudite… Je… je…

Ce furent ses dernières paroles. Aldebert serra la sorcière contre lui. C'est alors que le corps d'Athéa se mit à scintiller, et elle disparut dans un nuage de poussière d'or.

– Ma mère va rejoindre les Terres des Esprits, murmura Aldebert, ému. Pour la récompenser d'avoir fait le bien en choisissant de vous aider. Suivez-moi. Je vais vous guider.

Le chevalier remit son heaume et nous accompagna à l'extérieur du château, jusqu'à un vieux cimetière à l'abandon, peuplé de caveaux et de sépultures croulant sous le poids des ans.

La grille d'entrée, dont la peinture rouillée se détachait en fins lambeaux, était couchée dans les ronces, comme un signe supplémentaire de la décrépitude des lieux.

Aldebert s'adressa à moi :

– Hugues, lorsque tu auras vaincu Anka, ne m'oublie pas. Parle de moi, pour que… BLAM ! Gnnnnnnniiiiiiii…. pour que je rejoigne, moi aussi, la Terre des Esprits.

Il posa sa main sur mon épaule.

– Ces lieux sont maudits, Hugues. Il va donc… BLAM ! Gnnnnniiiiii…. Morbleu de visière ! Il va donc vous falloir un grand courage pour les traverser. Mais j'ai foi en vous.

Il s'agenouilla auprès de Reghi dont il serra l'une des mains dans les siennes, le louant pour son grand courage.

Vint enfin le tour de l'elvire, à qui il s'adressa comme à un guerrier redoutable avant de la serrer fort contre lui.

Il salua mes autres amis puis, après s'être reculé de quelques pas, il disparut lentement dans le brouillard, s'effaçant comme s'il n'avait été qu'un mirage.

Nous pénétrâmes à pas feutrés dans le cimetière, redoutant à tout instant que ne surgisse un esprit diabolique.

– Ouh ! là, là ! se plaignit Reghi. Ça me fiche la chair de poule, cet endroit. C'est peut-être le moment d'ouvrir ton livre, Ugo.

– C'est inutile, prévint Sahlla. Comme je l'avais expliqué à Hugues, le Livre des Prophéties ne sert à rien ici. À rien du tout. Il ne sera utile que sur le territoire de Jahrar, le domaine d'Anka.

– J'ai trop peur, brrrrr… trembla Reghi.

– Nous sommes ici pour découvrir le passage qui nous mènera à Anka, dit Sahlla en s'agenouillant près du lutin. Mais aussi pour récupérer une potion aux vertus extraordinaires.

Elle marqua un temps d'arrêt, avant de reprendre à voix basse.

– Je l'ai vu en rêve, Reghi : même si l'élixir de vie ne peut servir qu'une seule fois, nous en aurons besoin face à cette sorcière. Et sans ton aide, notre mission ne pourra pas aboutir. Je compte sur toi. Maintenant, reculez-vous un peu. Il est temps de faire apparaître la chapelle où se cache cette potion.

Après avoir déposé un baiser sur le front de mon compagnon, Sahlla se releva d'un air grave et sortit une dague acérée dont elle fit glisser la lame tranchante dans sa main refermée. Un filet de sang s'écoula le long de son poignet, avant de rejoindre le sol en gouttelettes épaisses.

– Mais... que fais-tu ? demandai-je.

– Aie confiance, Hugues, me répondit Sahlla. Les elvires ne sont pas des elfes ordinaires. Nous avons le pouvoir de maîtriser certains sortilèges. C'est pour cela que le Roy m'a choisie.

Puis elle me prit délicatement le bout des doigts et entailla la paume de ma main grande ouverte.

Elle me guida ensuite pour que ma main se retrouve au-dessus de son propre sang, afin que nos deux flux de vie se mélangent au sol.

Inquiet, Reghi s'était légèrement éloigné, cachant ses mains derrière son dos.

– Ne crains rien, Reghi, sourit la guerrière. Je n'ai point besoin de ton sang.

Reghi souffla de soulagement tandis que Sahlla lui caressait tendrement la joue. Béat, le lutin fermait les yeux de satisfaction, quand…

– AÏÏÏEUH ! s'écria mon compagnon. Mais elle m'a tiré les poils du nez !

– Désolée, Reghi, s'excusa l'elvire. Mais ça, j'en ai besoin !

Sahlla déposa son petit trophée dans la petite flaque de sang, puis elle se recueillit quelques instants.

Le mélange se mit à bouillonner, avant de disparaître, absorbé par le sol. C'est alors que, dans un grondement terrible, une chapelle sculptée d'entrelacs celtes sortit de terre. Son ascension fit trembler le sol, et nous fûmes propulsés plusieurs mètres plus loin par les remous terreux.

Quand le calme fut revenu, nous étions tous les sept allongés sur le sol, recouverts de poussière jusqu'au creux de nos oreilles. Frottant nos yeux encroûtés, nous pouvions toutefois distinguer l'extraordinaire ouvrage.

– Allons-y ! s'exclama Sahlla en se précipitant vers l'édifice.

Sans attendre, nous courûmes nous réfugier à l'ombre d'une idole dressée près de l'entrée. C'est ainsi que nous découvrîmes l'inscription gravée sur son socle.

Ténèbres, malédictions.
Châtiments et damnation.
Youdig, aux confins des méandres,
À jamais prisonnier de Cassandre.

– Ça veut dire quoi, ce charabia ? demanda Jeff.

– Et qui c'est, cette Cassandre ? interrogea Nicola.

– Et ce Youdig ? murmura Lou.

Reghi regarda la chapelle avec inquiétude.

– C'est encore sûrement plein de créatures bizarres, dit-il. Je vais vous attendre ici. Et cette fois, inutile d'essayer de me faire changer d'avis !

– Comme tu voudras, sourit Sahlla en m'adressant un clin d'œil. Il m'est avis que tu nous rejoindras bien vite…

– Là, tu me connais mal, marmonna le lutin.

Fermement décidé, Reghi s'adossa à la statue tandis que nous pénétrions dans le monument par une petite fenêtre donnant sur les sous-sols.

Inquiet de laisser mon ami derrière nous, je restai à l'observer par un petit trou dans le mur.

Reghi ferma les yeux quelques instants, lorsqu'il sentit quelque chose grimper le long de sa jambe. Il baissa la tête.

– Un rat ! s'écria-t-il, en donnant une pichenette à l'animal, qui se retrouva propulsé quelques mètres plus loin. Sale bête !

Il ramassa une poignée de terre qu'il jeta vers l'animal.

– Va-t'en ! Va-t'en !

C'est alors que, tout autour de la chapelle, des milliers de ses congénères commencèrent à s'extraire des tombes.

– Oh hé, les gars ! Attendez-moi ! hurla Reghi, en nous rejoignant à toute vitesse.

Le boyau dans lequel nous déambulions nous fit tout de suite penser à de vieilles geôles moyenâgeuses, avec ses parois suintantes et couvertes de salpêtre.

Le long des couloirs, on pouvait distinguer d'anciennes peintures, qui représentaient toutes une sorte de divinité semant la terreur autour d'elle.

– Eh bien, c'est gai, râla Reghi. En plus, c'est plein de toiles d'araignées ici.

– Il y a fort longtemps, dans le monde réel, expliqua Sahlla, le Seigneur Youdig fut banni par son père pour avoir voulu tuer, par simple jalousie, son propre frère. Condamné à errer dans les tourbières jusqu'à la fin de ses jours, il vendit finalement son âme aux démons : ceux-ci lui offrirent une armée pour qu'il assouvisse sa vengeance. Alors, tuant lui-même père et frère, il régna librement de nombreuses années sur toute la région. Mais les Dieux, attentifs aux souffrances du peuple, dépêchèrent une jeune guerrière prénommée Cassandre afin qu'elle rétablisse le bien sur ces terres. Il s'ensuivit une lutte sans merci et, finalement, après des journées et des nuits entières au cours desquelles les deux armées s'affrontèrent sans merci, seuls Cassandre et Youdig survécurent. Le combat titanesque qu'ils menèrent fut d'une violence sans précédent et vit la défaite du Seigneur, condamné à être enfermé vivant, à tout jamais, dans un sarcophage protégé par un maléfice bloquant l'ouverture : l'alliance magique de la guerrière, incrustée dans le cercueil de pierre. Ce lieu de désolation fut alors transféré sur les Terres d'Anka, où il demeure depuis. Exactement là où nous sommes. La sorcière en a d'ailleurs fait le seul point d'accès à son territoire.

– Et la potion dont tu as parlé tout à l'heure ? demanda Keem.

– Effectivement, poursuivit Sahlla, le seigneur détenait une potion magique que les plus grands alchimistes avaient mise au point : l'élixir de vie qui, aux dires des écrits sacrés, a été caché quelque part dans la salle où se trouve le sarcophage. À nous de le récupérer, en prenant garde de ne pas réveiller Youdig.

– Si j'ai bien compris, il nous suffit de ne pas toucher à l'anneau, dit Jeff avec assurance.

– En principe, oui, murmura la jeune femme. Mais la tâche risque de ne pas être aussi simple que cela. On dit que les esprits des soldats de Youdig errent encore en ces lieux.

– Je me disais aussi, souffla Reghi, tandis que nous avancions dans les sous-sols. Ras le bol de ce pays ! Premièrement, c'est plein de monstres, deuxièmement il y a des esprits, troisièmement…

Quelques dizaines de mètres devant nous se dressait un impressionnant soldat en armure. Son casque, tressé de cuir, se prolongeait jusqu'à recouvrir ses épaules et le haut de son buste. Très grand, il demeurait immobile, les mains posées contre le pommeau de son épée.

Intrigués, nous avançâmes de quelques pas. Le guerrier empoigna alors son arme et la souleva de terre. Effrayés, nous reculâmes instinctivement, tandis que notre adversaire reposait son glaive devant lui.

– On dirait qu'il refuse le combat, dis-je. Vous y comprenez quelque chose ?

– Peut-être qu'il ne peut pas marcher ? se demanda Reghi. On n'a qu'à essayer de le dégommer d'ici !

Le lutin agrippa alors son couteau et le lança dans la direction du soldat.

Sans que celui-ci ne manifeste la moindre réaction, le poignard se ficha dans une de ses cuisses, faisant couler un mince filet de sable.

Reghi, emporté par son élan, s'était considérablement rapproché du terrible guerrier.

Mais celui-ci ne faisait aucun mouvement.

Dans un réflexe de défense, le lutin voulut sortir son épée, mais il l'avait laissée tomber, et elle traînait à nos pieds.

– Tu… tu y comprends quelque chose ? me demanda mon compagnon.

– Peut-être qu'il ne te considère pas comme un ennemi potentiel, proposai-je. Un peu comme dans les histoires de mon grand-père… Parfois, les héros non armés pouvaient passer près des cerbères sans craindre leur courroux.

Rassuré, Reghi se tenait fièrement à côté du guerrier, tête haute et regard méprisant. Il s'éloigna et nous fit signe de le rejoindre.

– Allez, ne faites pas vos poules mouillées. Y a rien à craindre !

– OK ! Mais, attrape ça d'abord ! dis-je en lui envoyant son glaive.

Reghi fit un pas sur le côté et le laissa choir dans la poussière.

– T'es fou ou quoi ? Il faut être dé-sar-mé. C'est toi-même qui l'as dit !

Nous envoyâmes nos armes derrière le chevalier, et le contournâmes sans encombre.

Puis, après avoir récupéré nos biens, nous nous engouffrâmes dans le couloir suivant.

– C'était du gâteau ! hurla Reghi en récupérant son épée. Ah ! On a encore de la visite !

Brandissant un long poignard effilé, une sorte de soldat taillé dans le granit venait à notre rencontre.

– Ouh là ! Il a pas l'air commode, celui-là ! dit Reghi, en jetant son arme au sol.

Marchant d'un pas rapide, le guerrier faisait tournoyer son arme et manqua de décapiter le lutin, qui parvint à se baisser juste à temps.

Son épée se brisa contre la paroi.

– Eh !... Oh !... Mais il est fou ! Vous avez vu ça ? hurla Reghi en lançant une poignée de sable au visage de son vis-à-vis. Il ne respecte pas les règles, celui-là ! Tricheur ! TRICHEUR !

– Vite ! hurlai-je. Par ici !

Profitant de l'aveuglement du guerrier, nous nous précipitâmes alors dans une fine brèche par laquelle notre adversaire, beaucoup plus large que nous, n'avait aucune chance de pouvoir passer.

C'est alors qu'une main, puis le bras entier, surgit de la paroi.

– Ouah ! constata Lou. Il traverse les cloisons.

– Attention ! hurlai-je.

Une épée frôla de nouveau le crâne de Reghi, avant d'aller se ficher dans le mur. Profitant de la situation, je sectionnai rageusement les mains de notre adversaire qui, furieux, se jeta frénétiquement sur moi.

Je lui tranchai alors la tête d'un revers de lame. L'ectoplasme tomba en poussière et disparut sous nos yeux.

– Bien fait ! s'emporta Reghi en donnant un coup de pied dans le petit tas gris. Voilà ce qu'on fait aux tricheurs !

Nos yeux s'habituant de plus en plus à la pénombre, nous découvrîmes que nous nous trouvions au beau milieu d'une crypte dans laquelle se dressait un autel, support d'un sarcophage princier.

– La dépouille de Youdig ! dit Keem. Et regardez ! Ce doit être l'alliance de Cassandre.

Incrusté dans le couvercle du sarcophage, l'anneau irradiait son pouvoir neutralisant sous la forme d'un halo orangé.

Tandis que Reghi restait à contempler la bague, Jeff, Nicola et moi cherchions le passage secret qui nous ferait quitter cet endroit maudit, tâtant tant bien que mal les parois crasseuses, glissant nos doigts dans le moindre interstice, effleurant de temps à autre cafards, araignées ou autres mille-pattes. Pendant ce temps, Sahlla, Keem et Lou s'étaient mises en quête de la fiole de potion magique.

– OUPS ! s'écria soudain le lutin, tandis qu'un bruit métallique résonnait autour de nous.

– Reghi ! hurla-t-on en se retournant dans un même élan.

L'anneau de Cassandre tournoya quelques instants avant de s'immobiliser au milieu de la pièce.

Un fracas terrible retentit alors, et les parois se mirent à trembler.

Paniqué, Reghi tenta de repositionner la bague.

– Euh, ce n'est rien ! Je la remets en place, monsieur Youdig ! Voilà, ça y est !

Mais le joyau roula à nouveau par terre. Sahlla le ramassa aussitôt, tandis que de nombreux filets de sable s'écoulaient de la voûte de la crypte et que les parois se fissuraient.

La jeune femme tenta à son tour de remettre la bague en place.

– Rien à faire, se lamenta-t-elle.

– Laisse-moi essayer à mon tour, dis-je.

Mais le couvercle du sarcophage basculait déjà, se brisant au sol en mille morceaux. Un épais nuage de poussière s'échappa de la cavité, telle une bourrasque d'automne. Puis un profond silence emplit la crypte.

Terrorisés à l'idée de ce que nous allions découvrir, nous nous approchâmes lentement. Je regardai à l'intérieur.

– You… Youdig… Il… Il est mort !

– Quoi ? s'écria Reghi, interloqué.

– Quelqu'un lui a enfoncé un pieu dans le cœur… précisai-je.

Le visage de Sahlla se ferma.

– Anka… murmura-t-elle en détachant du bout des doigts un morceau d'étoffe noire accroché à un coin du sarcophage. Anka est passée avant nous. Elle est venue jusqu'ici pour terrasser l'un de ses plus sérieux concurrents. Sa magie est encore plus puissante que je ne le craignais… Et l'élixir est évidemment désormais entre ses mains. Avec celui-ci, Anka possède un atout de plus pour espérer régner sur nos deux mondes.

– Il faut absolument sortir d'ici ! hurla Jeff en montrant les murs et le plafond qui se fissuraient de partout.

– Regardez ! Ce sont des hermines bretonnes, intervint Lou.

Les genoux au sol, elle soufflait sur les gravures ornant deux grandes dalles.

– C'est bizarre, dit Reghi. À chaque extrémité du sarcophage, il y a le même sigle.

– Mais bien sûr ! Voilà la solution ! s'exclama Sahlla. Hugues, positionne-toi sur l'une des deux dalles, exactement à l'endroit de l'hermine. Je vais aller sur l'autre. Vite !

Nous nous plaçâmes sur nos pierres respectives, et c'est alors qu'un bruit de serrure qui se déverrouille résonna sous nos pieds.

Les dalles s'enfoncèrent lentement, formant un escalier.

– Par ici, vite ! s'écria Sahlla.

Tandis que nous disparaissions dans les sous-sols, nous entendîmes le sarcophage éclater sous l'effondrement des parois.

Chapitre 9

Le territoire maudit de Jahrar

Après avoir traversé une galerie, l'escalier remonta vers la surface.

– Nous sommes sur le territoire maudit de Jahrar, dit Sahlla. Le domaine d'Anka. J'ai déjà vu ce lieu dans les Estampes sacrées.

– Moi aussi, confirma Reghi.

Nous avançâmes tant bien que mal au milieu des ronces, gênés par des émanations de soufre crachées par le marais bouillonnant qui aspirait chacun de nos pas.

– Regardez! s'exclama Reghi en tendant l'index devant lui. Il y a quelque chose là-bas.

Prudemment, nous nous approchâmes et découvrîmes une statue de pierre terrifiante.

Reghi, sans l'ombre d'une hésitation, nous expliqua qu'il s'agissait d'une idole représentant un démon.

Le niveau des flots s'élevait de plus en plus, nous obligeant à grimper sur la sculpture.

– Le marais, expliqua Sahlla. Il tente de nous avaler.

Acculés par la crue gloutonne qui nous encerclait, nous dûmes même nous hisser au sommet de l'idole, où nous découvrîmes une étroite ouverture.

À l'intérieur, on pouvait remarquer un toboggan vertigineux qui serpentait dans la roche en d'interminables lacets.

– Je me demande bien où ça mène ? murmura Lou.

– Vu la tête de la statue, je crains le pire, enchaîna Keem.

– Mouais, dit Reghi, en se penchant. On ne voit même pas le fonnnnnnnn...

Sans hésiter, nous plongeâmes pour suivre notre compagnon, qui venait de glisser et dévalait la descente la tête en avant. L'atterrissage se fit dans une eau croupie.

À quelques mètres de nous, dans un des endroits les moins éclairés, deux yeux fluorescents nous fixaient sans ciller.

– Tiens, tiens, dit une voix rauque. Mais en voilà une surprise... Ainsi, Hugues, tu es parvenu à libérer tes amis et à venir jusqu'ici. Bravo ! Je suis épatée...

– En garde, qui que tu sois ! hurla Reghi, en essuyant d'une main ses yeux boueux et en dégainant son épée de l'autre.

La voix gronda :

– Tais-toi, le gnome ! Comment oses-tu t'adresser à moi, infime puceron ?

Le lutin fut alors propulsé contre un énorme rocher, auquel il resta collé, à plus d'un mètre du sol.

Pétrifié, je n'osais regarder en détail la créature qui venait de s'approcher et me dévisageait avec attention.

– Je sens la force rugir en toi, déclara-t-elle. Finalement, tu aurais pu être un adversaire tout à fait respectable. Dommage que tu arrives trop tard !

– Anka, dis-je. Vous m'avez donné six lunes pour vous retrouver. Me voilà et…

– Ha ha ! Tu avais effectivement six lunes pour me rejoindre aux Tours maudites. Mais, tu n'y es pas encore ! Et il m'est avis qu'Armyon ne va pas être disposé à te laisser passer ! Ha ha ha !

Alors, dans un tourbillon, la sorcière disparut sous nos yeux effrayés.

– Non mais, vous avez vu comment elle a osé me parler ? s'indigna le lutin qui venait de retomber au sol. L'inconsciente ! Et, surtout, comment elle m'a pris par surprise, la félonne !

– Ce n'était qu'une image qu'elle projetait devant nous, intervint Sahlla. Imagine sa puissance…

– Oui, eh bien, elle ne perd rien pour attendre ! grogna le lutin. Si elle croit m'avoir fait peur !

Un bruit sourd retentit soudain derrière nous, provoquant un repli rapide de Reghi derrière nos mollets.

– Ce n'est rien, dit Jeff en levant la tête. Ce ne sont que des chauves-souris.

– Qui est cet Armyon dont Anka a parlé ? demanda Keem.

– C'est moi, intervint une voix d'outre-tombe.

Un mort-vivant de haute stature se tenait près de nous.

Enveloppé de bandelettes et couvert d'algues, il portait deux grosses boucles d'oreilles, et une large cicatrice traversait son visage.

– Il me semble le reconnaître, murmurai-je à Reghi. Ce ne serait pas celui que nous avons vu dans l'eau, sous le château d'Athéa ? Tu sais, celui que tu as provoqué.

– Si… balbutia le lutin. Gloups.

– TOI ! hurla notre adversaire en pointant du doigt mon compagnon. Viens par ici !

Reghi tourna la tête et regarda derrière lui.

– TOI ! reprit le zombie. Oui, TOI !

– Plaît-il ? murmura Reghi.

Agacé, le monstre saisit vigoureusement le lutin et le plaqua contre la paroi.

Puis le mort-vivant colla son nez contre le sien.

– Je crois que nous avons un petit compte à régler, tous les deux, gronda la voix.

– Euh… Tout ce que vous voulez, balbutia Reghi en grimaçant sous le souffle de son haleine. Mais, par pitié, parlez-moi d'un peu plus loin.

– Insolent ! tempêta le monstre en postillonnant sur les joues du lutin.

Il jeta Reghi à nos pieds.

– Ouach ! gémit mon compagnon en glissant dans la poussière.

Tandis que je l'aidais à se relever, le zombie se retourna face à nous. Il fit craquer ses doigts les uns contre les autres, et l'un d'eux se déchira. Il le porta alors à sa bouche et le croqua comme une petite biscotte.

– Ah non, dit Lou. C'est dégueu…

Jeff, armé d'une grosse branche, essaya de frapper notre adversaire par surprise, mais celui-ci se transforma aussitôt en statue de pierre, et le bois se brisa en mille morceaux.

Dans une attitude de défi, Keem posa alors son sac et se présenta face au monstre, qui reprit immédiatement son aspect initial. Amusé, il lui lança une petite gifle, qu'elle évita sans difficulté.

Vexé, le zombie tenta alors de la frapper plus violemment, mais Keem, experte en arts martiaux, contra son bras et lui fit une clé au coude.

Armyon essaya aussitôt de se libérer, et nous entendîmes un affreux craquement. Quelques secondes plus tard, la jeune fille tenait dans ses mains l'avant-bras détaché de son adversaire.

Le mort-vivant tenta d'agripper mon amie avec son autre main, mais Keem le frappa si violemment au visage qu'une de ses oreilles se décolla et qu'un de ses yeux sauta comme un bouchon de champagne.

– Ha ha ! ricana Reghi en s'adressant au monstre. Comme ça, on est « kit » ! Ha ha ! J'espère au moins que tu as la notice pour tout remonter !

– Grrrrrrrrrroooaaarrrrr ! rugit le mort-vivant, en essayant de shooter dans Reghi.

Celui-ci l'évita d'un bond agile et, après s'être glissé sous la jambe du monstre, il lui trancha l'arrière du genou.

Le membre sectionné tomba au sol dans un nuage de poussière.

– Bande de vermines ! hurla l'estropié, en bondissant sur sa jambe valide. Je vais vous écharper, vous étripailler, vous écarteler comme de vulgaires crapauds ! Et…

– Ptoc ! fit son deuxième œil, en sortant de son orbite, après que Nicola eut frappé l'arrière de son crâne à l'aide d'un long bâton.

Complètement aveugle, notre adversaire sautillait dans tous les sens, essayant désespérément d'agripper l'un de nous au passage.

Arrivé au bord d'un précipice, il huma l'air afin de nous repérer.

– Je suis là, dit Reghi, qui flottait sur son skateboard au-dessus du vide. Sans se douter qu'elle se trouvait face à un trou béant, la créature bondit, les deux mains en avant.

– Ha ha ! rit le monstre. Je te tiennnnnnnns…

Nous entendîmes encore quelques secondes le hurlement du zombie, qui s'en allait disparaître dans les profondeurs. Puis le bruit sourd de sa réception contre le sol.

– Ouch ! s'exclama Reghi, fier de lui. Ça, ça fait mal !

Mes amis félicitèrent mon compagnon, et le lutin demanda qu'on le prenne en photo sur les lieux de son exploit, avec l'appareil que je lui avais offert lors de sa visite dans notre quartier général.

De mon côté, j'observais attentivement la carte que nous avait confiée Ankou.

– Regardez ! m'exclamai-je en montrant le document. Il ne reste plus qu'une lune. Voici venu le temps de voir ce que le Livre des Prophéties a à nous enseigner…

Je délaçai délicatement le lien de cuir qui enserrait le précieux ouvrage.

– Des pages blanches ! s'étonna Nicola. Rien que des pages blanches. On est fichus…

– Mais non… Regardez, regardez ! s'écria Reghi. Il y a mon portrait qui apparaît sur la page de gauche !

– Cela veut dire qu'il te revient de fournir la première offrande, dit Sahlla.

– Une offrande ? Mais, pourquoi moi ? Et puis d'abord, quoi comme offrande ?

– Regardez. Sur la page de droite, nous fit remarquer Lou, une amulette se dessine. Reghi, aurais-tu cet objet sur toi, par hasard ?

– Non, pas du tout, répondit-il en mettant instinctivement la main sur sa poitrine.

Saisissant son poignet, je lui demandai avec insistance de nous montrer ce qu'il tentait de cacher.

– Je n'ai rien du tout ! dit le lutin. Euh… Je… Enfin, nous… On n'a qu'à lui arracher lentement quelques pages, jusqu'à ce qu'il nous dise ce qu'on doit faire pour trouver Anka !

– Tu n'y penses pas ! s'offusqua Sahlla. Tu oserais commettre un tel sacrilège ?

– Euh… Hé hé… Euh… Non, bien sûr.

– Ne nous oblige pas à te fouiller, dit Nicola.

– Tssss… Essaie un peu. Si tu m'approches, j'te tape !

Nous encerclâmes le lutin.

– Vous n'avez pas honte ? hurla Reghi tandis que nous le maintenions au sol. Hé, laissez ça ! C'est mon porte-bonheur !

– Je suis désolée, Reghi, dit Sahlla en récupérant l'amulette. Mais il faut absolument que nous déposions ton collier sur le dessin.

À peine mis en place, l'objet disparut, comme happé par son image. Puis celle-ci s'effaça pour laisser la place à un nouvel indice.

– Une montagne, décrivit Keem. Regardez ! C'est celle qui est là-bas, de l'autre côté du lac. Oh, sept personnages apparaissent à son sommet !

– C'est nous ! s'exclama Lou.

– Je ne comprends pas, dis-je. Pourquoi faudrait-il grimper sur ces montagnes alors qu'on pourrait directement passer par la vallée pour rejoindre les Tours maudites ?

– C'est vrai que c'est idiot ! ajouta le lutin. Et c'est pour ça qu'on m'a confisqué mon porte-bonheur ? Eh ben, bravo, ça valait le coup !

– Le Livre des Prophéties ne se trompe jamais, coupa Sahlla, agacée. Il s'agit certainement du meilleur moyen de s'y rendre sans être repérés. Suivez-moi !

Nous emboîtâmes le pas à la guerrière et descendîmes dans la gorge avant d'entamer aussitôt l'ascension d'un à-pic.

Une fois tout en haut, Sahlla me demanda d'ouvrir une nouvelle fois le Livre.

L'image du lutin réapparut.

– Pffff, encore ! râla Reghi. J'ai bien fait de venir, moi. Et qu'est-ce que je vais devoir donner cette fois ? Je n'ai plus rien de précieux... Quoi ? Mon épée ? Et comment je vais me battre, après ? Un chevalier sans son épée, c'est comme un Morwack sans ses dents... Comme une chaussette sans trou... Comme un...

– Bon ! Tu as fini, oui ? le coupai-je.

À contrecœur, le lutin déposa son arme sur la page, qui n'en fit qu'une bouchée.

– Regardez ! dit Reghi. Les sept personnages du dessin : ils s'animent et... ils sautent dans le vide !

– Non ! corrigeai-je tandis que mes amis, qui avaient également compris, sortaient leurs skateboards. Ils volent !

– Mettons nos tenues d'invisibilité ! conseilla Jeff en extirpant les vêtements de son sac. Autant que la sorcière ne se doute de rien !

– Et sortons les tasers, ajouta Nicola. Nous en aurons certainement besoin.

– En revanche, dis-je, moi, je resterai visible. Pour attirer l'attention de la sorcière sur moi.

– C'est quoi, un « ta sœur » ? demanda Reghi.

– On dit un « taser », expliqua Keem. C'est un pistolet à impulsion électrique. Ça envoie deux dards, qui s'accrochent à ton adversaire et lui délivrent une décharge électrique de plusieurs dizaines de milliers de volts.

– Ah, répondit le lutin, perplexe. Et ça sert à quoi ?

– Ça paralyse l'ennemi comme l'éclair d'un gros orage ! s'exclama Nicola. Tu veux tester ?

– Euh, non non, tremblota Reghi en reculant. Je te crois sur parole.

CHAPITRE 10

Le Grand Secret

Armés de nos pistolets cracheurs d'électricité, nous prîmes le chemin du château à bord de nos skates.

– Allez ! Droit sur les Tours maudites d'Anka ! m'écriai-je. Go !

– Prêt ? Go ! Même ! dit Reghi, en riant.

– Wouhou ! s'écrièrent mes partenaires tandis que nous fondions à vive allure vers notre ultime objectif.

Nous nous posâmes sur l'une des tours mais, emporté par son élan, Reghi me percuta violemment.

– Le Livre ! m'écriai-je pendant que le manuscrit rebondissait sur les toitures inférieures et disparaissait dans le vide.

Désespéré, je restai immobile à regarder le trou béant qui venait d'avaler le précieux ouvrage.

– Je vois qu'Armyon a fait du bon boulot, intervint Anka qui, perchée au-dessus de moi, ne voyait pas mes compagnons sous leur tenue d'invisibilité. Tes amis n'ont pas trop souffert ? Ha ha ! Tu as fait tout ça pour rien, Hugues. La dernière lune est en train de s'éteindre, et il ne me reste plus qu'à inscrire mon nom dans le livre d'Artaban ! Je n'ai plus besoin de ton Triskell !

– Erreur ! coupai-je. Tu oublies le pacte que nous avons scellé. Je suis arrivé dans les temps !

– Peu m'importe ! dédaigna-t-elle d'un revers de main.

– Tu me dois ce combat ! hurlai-je en brandissant mon glaive.

– Ridicule, gronda-t-elle en me tournant le dos, prête à partir.

– C'est ainsi que tu espères dominer le monde ? repris-je. Les gens vont bien rire de toi lorsqu'ils sauront que tu n'as même pas osé affronter un enfant...

Le visage grimaçant, Anka se retourna.

– Les enfants, grogna-t-elle. Si... arrogants... si... si insignifiants... si attachés aux rêves... Baaa... Mais tout cela va changer. Je régnerai bientôt sur ton monde et, je t'en fais la promesse solennelle, les enfants seront ma première cible.

Elle descendit près de moi et déposa le livre d'Artaban sur la corniche.

– Tu veux un duel, dis-tu ? Entendu. Apprête-toi à souffrir !

La sorcière écarta alors légèrement les bras de son corps et, progressivement, une armure prit forme autour d'elle.

Des plaques d'un métal noir recouvrirent ses phalanges, puis ses mains, ses avant-bras, ses bras et son buste. En même temps, une carapace métallique s'assemblait également au niveau de ses membres inférieurs. Enfin, un casque se forma, qui protégeait la totalité de son visage.

– Nous voici presque à égalité, me dit la sorcière. Tous deux avec notre armure. Car je ne suis pas idiote : je sais qu'Athéa t'a protégé avec une carapace magique. Le duel sacré doit se faire avec les mêmes armes. Aussi utiliserai-je une épée, tout comme toi.

Une lourde claymore (une épée que l'on utilise avec les deux mains) apparut auprès de la sorcière, flottant dans les airs. Elle devait mesurer environ un mètre cinquante.

Anka la saisit et, sans attendre, me porta un premier coup. Surpris, je me tournai pour me protéger : le tranchant de sa lame vint percuter ma protection au niveau des épaules.

Des étincelles jaillirent sous la force de l'impact. Déséquilibré, je tombai à la renverse quelques mètres plus bas, sur le chemin de ronde.

Sonné, je me relevai en titubant, avant de recevoir un nouveau coup.

Mon armure, au départ transparente, devenait de plus en plus opaque, et une fissure commençait à se dessiner au niveau d'une de mes clavicules.

Anka s'en rendit évidemment compte et chercha à exploiter cette fragilité.

– Arrière ! hurla Sahlla en me venant en aide.

Son épée parvint à contrer une nouvelle frappe de la sorcière.

– Tu ne respectes pas les règles du combat sacré ! dit la jeune guerrière en retirant sa tenue d'invisibilité.

– Comment cela ? répondit dédaigneusement la sorcière. Pousse-toi, avant que je t'étripe également.

– Tu sais très bien de quoi je veux parler ! poursuivit Sahlla. Le combat ne peut commencer qu'à partir du moment où les deux adversaires sont prêts, face à face, et qu'ils ont entrechoqué leurs armes par trois fois.

– Foutaise ! râla Anka. Tout ceci n'est que perte de temps. Le combat a démarré, alors fais place !

– Très bien, dit la jeune femme en se mettant de côté. Alors vas-y ! Poursuis ainsi, et tu seras punie pour ta tricherie.

– Foutaise ! grogna la sorcière.

– Tu sais très bien que non ! renchérit Reghi, qui enleva sa combinaison en même temps que mes autres compagnons.

Surprise, Anka fixa rageusement l'équipe qui l'encerclait.

– Foutaise ! répéta-t-elle en levant son arme.

C'est alors que mes amis déclenchèrent leurs tasers sur notre ennemie.

La sorcière, attaquée de toutes parts, ne parvint pas à éviter les dards, et nous la vîmes faiblir puis fléchir sous l'accumulation de décharges électriques.

Elle tomba à genoux, comme anéantie. Mes amis semblaient à deux doigts de l'achever.

– Arrêtez ! cria Sahlla. Si vous tuez Anka, vous tuez également Hugues ! Rappelez-vous qu'ils sont liés par un pacte sacré !

Hésitants, Jeff, Nicola, Keem, Lou et Reghi finirent par éteindre leurs pistolets.

Choquée, Anka se releva péniblement.

– Raaaaaaaaaa ! grinça-t-elle.

Elle s'approcha de moi et m'attrapa par l'épaule.

– Soit ! dit-elle. Relève-toi, et qu'on en finisse !

– Il faut que le combat ait lieu dans un cercle sacré, rectifia Sahlla.

– Ooooohhhhh ! Mais que de temps perdu avec toutes ces règles ! grogna la sorcière.

– Et, en plus, il faut un arbitrage homologué ! précisa Reghi.

– Très bien, murmura la sorcière. Allons au milieu de la cour, et tracez-moi ce fichu cercle !

Après qu'Anka eut récupéré le livre d'Artaban, nous descendîmes dans l'enceinte du château, et la jeune guerrière dessina un rond sur les pavés avec la pointe de son épée.

La garde de la sorcière s'était regroupée tout autour de nous, menaçante, et attendait nerveusement les ordres.

L'un des soldats d'Anka apporta une jarre dans laquelle se trouvait une huile sacrée, et il la déversa sur le tracé réalisé par Sahlla. Puis il y mit le feu.

Des flammes, hautes d'environ deux mètres, se mirent aussitôt à crépiter.

– Voici Perfide-le-Borgne, clama Anka, en présentant son soldat. Il arbitrera le combat. Il possède en effet le grade trois. Gardes ! Allez dans les geôles chercher un parchemin qui sera chargé de notifier le compte rendu officiel du combat.

– Permettez ! intervint Reghi. Je suis également titulaire du brevet de niveau trois. Comme le prévoit la Loi sacrée, le combat peut être arbitré par deux juges, et je me propose donc pour être le second !

– Toi ? murmurai-je, avec étonnement.

– Ben oui, me répondit le lutin, avec un grand sourire. Qu'est-ce que tu crois ?

– Qu'il le prouve ! s'éleva une voix dans l'assistance.

– Ça va être facile, dit Perfide-le-Borgne. Nous allons contrôler son numéro de licence dès que le parchemin sera là.

– Justement, dit un autre soldat. Le voilà !

La foule s'écarta pour laisser passer deux gardes, qui amenaient le prisonnier. Soutenu sous chaque bras, le parchemin baissait la tête, et ses pieds traînaient dans la poussière.

– Monsieur fait sa tête de cochon, dit l'un des gardiens. On a dû l'amener ici de force.

– Berhed ? réagit Reghi.

– Toi ? s'exclama le parchemin, qui n'avait toujours pas digéré d'avoir été dénoncé au Roy par le lutin. Saliperpompette ! Tu vas voir de quel bois je me chauffe ! Grrrrrrrr !

Les soldats eurent toutes les peines du monde à contrôler la hargne du parchemin, furieux de retrouver mon compagnon.

– Tiens donc, dit Anka, que cela amusait beaucoup. Mais on dirait que vous vous connaissez ! Et… Oh, quel dommage… Vous ne vous entendez pas… Comme c'est triste ! Ha ha ! Bien. Nous avons assez perdu de temps comme ça ! Greffier : veuillez contrôler la licence de ce gnome !

– Lutin, corrigea Reghi. Je suis un lutin. Mon numéro de licence est le 3 4 A 21 B altus. Au nom de Reghi.

– Aucun arbitre à ce nom, répondit Berhed.

– Ah bon ? rétorquai-je. Alors pourquoi est-ce marqué « validé » sur ton ventre ?

Le parchemin mit ses mains sur son estomac afin de masquer les inscriptions.

– Alors ? insista Reghi. Retire tes mains, qu'on y voie plus clair !

– Oui, OK, c'est bon ! acquiesça Berhed à contrecœur.

– Bien ! se réjouit le lutin. Maintenant que les vérifications sont faites, nous allons pouvoir démarrer. Qu'on nous donne les tenues officielles !

Les soldats d'Anka apportèrent deux blouses grises ornées d'un écusson rouge et or et équipées d'une pochette à avertissements.

– Attention ! prévint Reghi en montrant justement la poche en question. Pas de tricheries, sinon il y aura sanction !

– Je rappelle les règles, enchaîna Perfide-le-Borgne. À mon signal, vous cognerez trois fois de suite vos lames, l'une contre l'autre. En alternant chaque contact avec une frappe sur le sol. Ensuite, le combat commencera, et vous pourrez porter des coups sur votre adversaire.

Les deux juges-arbitres se reculèrent de quelques pas et sortirent du rideau de feu.

– Le combat, reprit le soldat, ne s'achèvera qu'avec la mort de l'un des deux adversaires. Et attention ! Si l'un de vous sort du cercle, il sera déclaré perdant. Êtes-vous prêts ?

Anka et moi acquiesçâmes d'un signe de tête, et Reghi donna le signal.

Nous entrechoquâmes trois fois nos lames, puis nous partîmes à l'assaut.

Guidé par mon épée magique, je parvenais à bloquer les coups de la sorcière et à porter des attaques sans pourtant en connaître la technique. Transcendé par une force mystérieuse, mon bras, qui n'avait jamais tenu une épée avant cette quête, maniait l'arme avec une grande dextérité.

Soudain, un coup latéral d'une puissance extraordinaire me surprit et me toucha au flanc. Déséquilibré, je me retrouvai à la limite du cercle sacré.

Je m'apprêtais à repartir vers le centre lorsqu'une main me tira vers l'arrière.

– STOP ! Tricheur ! hurla Reghi, en assénant un coup de son bâton d'arbitre sur la main du garde qui avait tenté de m'attirer à l'extérieur. Que je ne t'y reprenne plus !

Profitant de mon relâchement, Anka leva son épée et l'abattit en direction de mon cou.

Je parvins fort heureusement à me baisser juste à temps, et c'est finalement la tête du soldat trop zélé qui fut coupée par la lame, avant de rouler sur le sol.

Emportée par son élan, la sorcière faillit, à son tour, se faire éliminer.

Elle se rattrapa juste à temps et revint dans la partie.

– Avertissement ! hurla Reghi.

– Je n'y suis pour rien ! s'offusqua Anka. Je ne peux tout de même pas contrôler les spectateurs !

– Exact ! intervint Berhed. Je ne mentionne donc pas d'intervention illégale.

– De quoi ? s'énerva Reghi. Mais... Anka a essayé de porter un coup alors que le combat était suspendu ! Je réclame un avertissement, et j'en appelle donc à la coccinelle sacrée.

Le lutin sortit de sa pochette un carton rouge à pois noirs : il le déposa au creux de son autre main, où il prit la forme d'une grosse coccinelle translucide. L'animal s'envola en direction de la sorcière.

– Bas les pattes ! hurla-t-elle en l'empêchant de se poser.

– Attention ! avertit Reghi. Si vous gênez le contrôle, vous serez disqualifiée !

Furieuse, Anka dut se résoudre à laisser la coccinelle effectuer sa vérification. Celle-ci se posa sur la joue de mon adversaire.

Une petite mèche, comme celle d'une perceuse, sortit de son front et tournoya en pénétrant dans la peau de la sorcière. Nous entendîmes alors un bruit d'aspiration, et nous vîmes du sang entrer à l'intérieur du corps transparent de l'insecte.

Les yeux de la coccinelle devinrent verts.

– Tricherie avérée ! Avertissement validé ! triompha Reghi. Veuillez noter, greffier ! Greffier ! Greffier ?

Berhed, qui faisait semblant de ne rien entendre, regardait sur le côté en sifflotant.

– Je crois qu'il faut que tu notes, râla Jeff en pointant son taser sur le front du parchemin.

– Euh, certes, certes, murmura celui-ci.

La coccinelle se remplit entièrement de sang, gonflant jusqu'à devenir ronde comme une grosse tomate bien mûre, puis elle repartit en slalomant dans les airs.

– *Quand Madelon*... hips !... *vient nous servir à boire !* Blurp ! chantait l'insecte en s'éloignant.

– Bien ! dit Reghi. Nous allons pouvoir poursuivre. Prêts ? Go !

Le combat reprit de plus belle. Nous échangeâmes de nombreux coups et, plusieurs fois, nos armures respectives durent essuyer des frappes redoutables.

Fissurées de toutes parts, nos carapaces n'étaient plus que des lambeaux s'entrechoquant au gré de nos déplacements. Fatigués par l'intensité du combat, nous étions de moins en moins mobiles, et les épées commençaient à nous sembler bien lourdes.

– Pffff… Je suggère une pause ! me dit Anka en soufflant. Accordons-nous un peu de temps pour récupérer. On m'a quand même retiré un demi-litre de sang.

– Je… pfff… veux… pfff… bien, répondis-je en posant la pointe de mon arme au sol.

– Pause ! réclama la sorcière.

– Temps mort accordé ! accepta Perfide-le-Borgne.

C'est alors que mon adversaire en profita pour frapper violemment le tranchant de mon épée, qui m'échappa des mains et tourna dans les airs avant de tomber lourdement dans la poussière.

– Tricheuse ! hurla Reghi, tandis que la sorcière me frappait au visage avec le pommeau de son arme. Avertissement deuxième degré !

Sans même attendre, il sortit un nouveau carton, plus grand que la première fois.

Une coccinelle, plus grosse, alla se poser sur l'autre joue d'Anka.

Elle se remplit tellement que le sang finit par s'échapper en petits jets par tous ses orifices mais aussi par les jointures de ses ailes.

L'animal s'envola avec peine et s'éloigna en chantant.

– *Il est des nôôôtreu !* Hips ! *Il a bu son sang comme les auuuuuutreu !*

– Reprenons ! clama Reghi.

– A… Attendez… dit Anka. J'ai la tête qui tourne un peu et…

– Pas question ! hurla le lutin. Nous…

– Comment ça, pas question ? Cela suffit ! gronda la sorcière en me frappant de nouveau avec son épée. Sais-tu qui je suis, microbe ? Fini le pacte sacré ! Terminé le combat ! Anka n'est pas une simple habitante des Mondes imaginaires ! Je serai le prochain Maître des clés, et aucune loi ne va m'en empêcher !

– Qu'est-ce qui lui prend ? dit Keem.

– Elle pète les plombs, murmura Nicola.

– Oui, confirma Sahlia en regardant le ciel devenu sombre. Mais elle va s'attirer les foudres de la Loi sacrée. Nous ferions bien de reculer.

Complètement incontrôlable, Anka lançait des éclairs fulgurants tout autour d'elle, déclenchant une vraie panique parmi les spectateurs.

Tout le monde s'enfuit en courant, mais un rayon toucha Reghi ainsi que Lou, qui se trouvait à ses côtés.

Tombé au sol lors de l'attaque d'Anka, j'étais allongé sur le dos, et les images tournoyaient devant mes yeux.

Anka s'approcha lentement de moi et posa la pointe de son épée sur mon torse.

Puis, tenant sa claymore à deux mains, elle la leva au-dessus de sa tête avant de l'abattre violemment vers ma poitrine.

– Aaaaaaaaaahhhhhhhhh ! hurla-t-elle de toutes ses forces.

Je rassemblai mes dernières forces pour rouler sur le côté et éviter sa lame, qui se planta dans le sol.

Puis je saisis la mienne et, roulant de nouveau pour me retrouver face à la sorcière penchée vers moi, je dressai mon arme en un mouvement circulaire. C'est alors qu'un éclair stria le ciel et tomba sur la pointe de mon épée, tandis que je frappai mon ennemie au cou.

Sa tête tomba sur les pavés, et son corps s'affala sur moi, avant d'exploser en un nuage de poussière.

La foudre de la Loi sacrée venait de rendre son jugement.

Tandis que mes amis m'entouraient, les images de notre expédition se bousculaient dans ma tête : le passage qui s'ouvrait à moi dans la forêt du Quinquis, le Chambellan, Germon, Strok, Raôl, Enguerrand, Reghi aux prises avec les Morwacks, Maki…

Je remarquai que tout autour de nous avait changé. Nous n'étions plus sur les Terres d'Anka, mais propulsés comme par enchantement dans les Mondes imaginaires, tout près du passage vers le monde réel.

À demi conscient, bercé par des sons qui résonnaient dans mon crâne, je me relevai et vis Lou et Reghi, allongés côte à côte.

Lou, les yeux mi-clos, tentait de lutter contre le sommeil. Elle tourna son regard vers Reghi qui gisait auprès d'elle, inconscient.

– J'ai récupéré cela, dit Sahlla en me tendant l'élixir de vie. Fixé au livre d'Artaban.

– Donne-le à Reghi, souffla Lou. Il le faut… C'est ton guide…

Mes yeux se remplirent de larmes. Que faire ? Je ne pouvais sauver qu'un seul d'entre eux. Et il m'était impossible de choisir.

– Je t'en prie, supplia mon amie. Si tu m'aimes, sauve Reghi… Je le savais depuis le début… Reghi me l'avait confié… Il l'a découvert, dans notre quartier général… par le Livre des Prophéties… Ne soyez pas tristes, mes amis… On se reverra… Et moi, je vais enfin revoir maman…

Lou ferma doucement les yeux et sa tête bascula lentement sur le côté. Elle n'était plus. Un halo rosâtre l'entoura, et elle s'envola, accompagnée d'une douce mélopée. La même que celle que j'avais entendue lors de ma rencontre avec l'elvire.

En larmes, je versai délicatement le breuvage entre les lèvres de mon compagnon. Une main se posa alors délicatement sur mon épaule.

– Hugues… me murmura une voix familière. Mon petit…

Je me retournai aussitôt :

– Grand-père ! Mon Dieu. Grand-père… balbutiai-je en me redressant.

Je le serrai contre moi de toutes mes forces.

– Grand-père…

Les yeux mouillés, mon grand-père me caressa tendrement le visage.

– Je veux rentrer à la maison maintenant, Grand-père. Et que tout redevienne comme avant.

– Rien ne sera plus comme avant, Hugues. Je suis désolé, me répondit-il. Ma place est ici, maintenant, au Conseil des Sages. Comme tous les autres Maîtres des clés qui m'ont précédé. Oui, Hugues, il est temps que tu saches enfin la vérité. Cela fait exactement soixante-dix ans que je suis le gardien du passage entre les deux mondes. Soixante-dix années à lutter pour en assurer l'inviolabilité. Soixante-dix années passées à pister et à retrouver les quelques resquilleurs. Maintenant, il me faut passer la main… Te passer la main.

– En serai-je vraiment capable ? Je ne suis qu'un enfant et…

– Comme je l'étais lorsque je fus choisi, Hugues. La quête que tu as si brillamment menée m'a rassuré. Tu es tout à fait digne de remplir ce rôle. J'en suis certain : tu seras un grand gardien du passage. As-tu le Triskell que je t'ai confié ?

Je tirai sur la chaîne qui pendait à mon cou et fit apparaître le médaillon.

– Parfait ! s'exclama mon aïeul avec un grand sourire.

Il me tendit le livre d'Artaban.

– Prends-le dans tes mains, Hugues. Ne crains rien.

Confiant envers ce grand-père que j'aimais pardessus tout, j'apposai alors mes doigts sur la couverture de cuir.

Des dizaines d'inscriptions apparurent les unes après les autres, et une sensation d'intense chaleur envahit soudain tout mon être, tandis que mon nom se gravait en lettres d'or sous le sien.

– Mais… comment saurai-je m'y prendre? m'inquiétai-je.

– Souviens-toi de la promesse que je t'ai faite: je serai toujours là, près de toi. Quand tu questionneras le livre d'Artaban, j'apparaîtrai dans les pages afin de te guider.

– Regarde, Hugues! s'écria Reghi. Dans le ciel… il y a des milliers de lunes!

– Une par journée pour tes soixante-dix ans de règne, Hugues, m'expliqua mon grand-père. Une par journée qui nous sépare de ton retour définitif parmi nous.

– Dans soixante-dix ans! triompha Reghi. Et je serai là pour t'accueillir, mon ami. Tu vas voir, ça va passer vite… Soixante-dix ans, c'est rien. Et puis, en tant que Maître des clés, tu pourras venir nous voir quand bon te semblera. J'ai encore plein de choses à te faire découvrir par ici!

Mon grand-père, qui serrait contre lui tous mes amis, nous demanda de regarder autour de nous. Nous découvrîmes trois énormes arbres, avec trois portes aux noms de Nicola, Keem et Jeff.

– Voici votre récompense, comme promis, expliqua mon grand-père. Que chacun de vous pense très fort à la personne qu'il souhaite revoir.

Jeff s'avança le premier. Lorsqu'il ouvrit sa porte de ses doigts tremblants, une lumière intense filtra par l'entrebâillement. Mon ami se retourna vers nous, des larmes plein les yeux, puis il entra dans le tronc.

Nicola fut le deuxième. Le visage ruisselant de larmes, il n'arrivait plus à articuler le moindre mot.

Lorsqu'il se retrouva face à l'intense halo lumineux, il marqua un temps d'arrêt.

Puis, alors qu'il franchissait le seuil de la porte, nous l'entendîmes murmurer :

– Enfin…

Près de moi, Keem me serrait la main de toutes ses forces.

– Peux-tu… venir avec moi… s'il te plaît ? dit-elle, des sanglots plein la voix.

Alors, la serrant contre moi, je l'accompagnai jusqu'à sa porte.

Elle tourna la poignée et entra à son tour.

Nous ne sûmes jamais qui mes amis revirent alors. Mais lorsqu'ils réapparurent, ils étaient comme transformés.

– Me voilà rassurée, dit Keem, les yeux brillants. Je sais maintenant qu'il est bien ici. En paix. Je peux repartir, pleine de force.

– C'est clair ! renchérit Jeff. On sait maintenant qu'on les retrouvera un jour. Et ça, ça fait vachement de bien !

– Ouais, ajoute Nicola. Ça enlève un sacré poids…

– Il va être temps que vous partiez, dit mon grand-père. Le passage va bientôt s'ouvrir pour quelques secondes. Je prendrai bien soin de Lou, n'ayez crainte. Hugues, mon petit, tu pourras venir la revoir chaque fois qu'il te plaira. Quant à vous, mes chers enfants, elle viendra vous parler dans vos rêves. Soyez en sûrs.

Il nous adressa un grand sourire, et poursuivit :

– Lou sera bientôt une elvire.

– Une elvire ? réagit Keem.

– Exactement ! Une jolie petite elfe ! Comme celles-ci.

Deux petites fées vinrent se poser au creux de la main de mon aïeul.

– Il est temps que vous connaissiez le Grand Secret, dit-il, les yeux remplis de bonheur. Lorsqu'une personne meurt, son âme rejoint les Mondes imaginaires et est appelée à se diriger vers les Terres des Esprits (je ne parle pas là des âmes mauvaises qui doivent, auparavant, purger leur peine sur les Terres maudites d'Anka). Après avoir traversé la forêt des Hommes-Arbres, les âmes vont jusqu'au pic de Cloaz-Coat, situé à la frontière avec la Zone de non-droit.

– Oui, je me souviens de cette zone, dis-je. C'était juste après le marais du cyclope Raôl.

– Exactement, poursuivit mon grand-père. Là, il y a un passage magique qui téléporte les âmes directement au Pays des Songes, non loin du palais du Roy Ignus, sur les Terres des Esprits. Chaque âme se transforme alors en un être féerique. Lutins, elfes, fées, elvires sont autant de personnes disparues ayant trouvé la paix. Ensuite, si la plupart d'entre elles restent sur ces terres, certaines font le choix de s'installer à d'autres endroits dans les Mondes imaginaires.

– Alors, ça veut dire que tous les êtres féeriques que nous avons rencontrés sont d'anciens humains ? demanda Keem.

– Heureusement que non ! corrigea Reghi. Moi, par exemple, j'ai la chance de n'avoir jamais été l'un des vôtres !

Une image me revint en tête.

– Grand-père, quand je suis arrivé au village des lutins, une femme et un jeune homme m'ont abordé. Nous n'avons pas eu le temps de parler longtemps, mais il m'a semblé reconnaître, au fond de leurs yeux, des regards familiers.

– Il s'agissait de ta marraine et de son fils, disparus l'an dernier. Tu te souviens ? Ils s'appellent désormais Kayla et Heliot.

– Oh, balbutiai-je, gagné par l'émotion. Je comprends mieux…

Un trou s'ouvrit soudain dans les feuillages.

– Il faut y aller, dit mon grand-père. Bon retour dans le monde réel !

– Moi, je dirais plutôt bonne chance et bon courage ! cria Reghi.

– Ah bon ? plaisantai-je. Ça ne te dirait pas de revenir avec moi, dans mon monde ?

– Ha ha ha ! Qu'il n'y en ait pas un qui s'avise de me mettre de la poussière d'or… Mais… Que…

Grésillant de toutes parts, Reghi commençait à se recouvrir d'une carapace de robot.

– Ah non ! hurla-t-il, ça ne va pas recommencer !

Le sourire aux lèvres, Grand-père se pencha et le prit contre lui. Puis il recula de quelques pas et le phénomène s'arrêta.

– Je crois qu'il vaut mieux que tu ne t'approches pas trop du passage, dit-il. Il semble y avoir encore quelques interférences entre les deux mondes !

– À bientôt, Grand-père, eus-je le temps de crier, tandis que l'ouverture se refermait derrière nous. À bientôt, Reghi !

Épilogue

L'histoire que je viens de vous raconter est celle d'Hugues, mon propre grand-père.

Le jour où il est retourné définitivement dans les Mondes imaginaires, il m'a demandé de l'accompagner. C'est alors qu'il m'a confié ce manuscrit, en me faisant promettre de le faire découvrir au plus grand nombre. Pour que les gens continuent de rêver, et que l'espoir demeure.

Lors de son départ, mon grand-père Hugues était accompagné de celle qui partagea sa vie et veilla sur lui avec une profonde tendresse pendant près de soixante-dix ans : Sahlla, sa promise. Mais aussi sa protectrice, comme l'avait choisi le Roy Ignus.

Car je dois vous le confier : lorsque, à la fin de leur mission, mon grand-père et ses amis retournèrent dans le monde réel, Sahlla les accompagna.

Grand-père et elle eurent deux enfants, dont mon père.

Je me souviens avec émotion de ce moment où le feuillage s'est enfin ouvert, sous mes yeux émerveillés. Il y a eu une lumière intense, puis une fine poussière d'or a flotté dans l'air.

C'est à ce moment-là que j'ai réalisé que tout ce que m'avait raconté mon aïeul, depuis tant d'années, existait vraiment.

Lorsque, main dans la main, Sahlla et Hugues sont passés de l'autre côté, j'ai clairement entendu cette petite voix, qui résonne à jamais au fond de moi :

– Ugo ! Te voilà enfin, corniquedouille !

Imprimé en France par EPAC Technologies
N° d'impression : 4550414330020
Dépôt légal : août 2013